我是人间远行客

沈从文 著

古吴轩出版社

图书在版编目（CIP）数据

我是人间远行客 / 沈从文著. -- 苏州 : 古吴轩出版社, 2023.4

ISBN 978-7-5546-2115-8

Ⅰ. ①我… Ⅱ. ①沈… Ⅲ. ①游记—作品集—中国—现代 Ⅳ. ①I266.4

中国国家版本馆CIP数据核字(2023)第042773号

责任编辑： 顾　熙
见习编辑： 张　君
策　　划： 杨莹莹　闫　静
装帧设计： 尛　玖

书　　名： **我是人间远行客**
著　　者： 沈从文
出版发行： 古吴轩出版社
地址：苏州市八达街118号苏州新闻大厦30F
电话：0512-65233679　　　邮编：215123
印　　刷： 天宇万达印刷有限公司
开　　本： 787 × 1092　1/32
印　　张： 8
字　　数： 143千字
版　　次： 2023年4月第1版
印　　次： 2023年4月第1次印刷
书　　号： ISBN 978-7-5546-2115-8
定　　价： 42.00元

陈少梅　《路转松涛》

嶽麓之陽碧湘之滸麓〻孤兒思親
獨苦朝亦望兮鶴時來語夕亦望
兮松老可補白雲千古此樓千古
乙生姻丈命作望雲樓第二圖樓之緣起備
詳圖記純孝之德矜往式來肅毫寫
成覺至哀極慕蒼茫而無盡也即呈
誨政 壬午中秋姻愚姪陳雲彰敬繪並題

陈少梅　《望云楼》

[清] 任熊　《十万图册 · 万笏朝天》

[清] 任熊　《十万图册 · 万竿烟雨》

［清］任熊　《十万图册·万横香雪》

[清] 任熊　《十万图册 · 万林秋色》

齐白石　《石门二十四景图 · 棣楼吹笛图》

齐白石　《石门二十四景图 · 甘吉藏书图》

〔明〕董其昌 《仿古山水册》（其一）

［明］董其昌 《仿古山水册》（其一）

傅抱石 《无限风光在险峰》

傅抱石　《蜀山寻胜》

郑午昌 《柴门寻凉图》

郑午昌《春山雅会》

黄宾虹　《蛾眉龙门峡》

出版说明

一、本书由沈从文长子沈龙朱先生授权并审核书目。

二、本书以北岳文艺出版社2009年版的《沈从文全集》为蓝本选编。

三、为保留沈从文作品原貌，本书编入的作品，除对明显的编校错误、笔误和个别错字作必要的订正及采用通用规范汉字外，均按原文排版。

作者习惯遣词用字，如：“做”时有用“作”，“熟悉”作“熟习”，“哪”多作“那”，“必须”多作“必需”，以及“年青”与“年轻”、“枝”与“支”、“佣人”与“用人”并用，“的”“地”通用，等等，还有某些事物名称及人名、地名、译名与现今不一致的，均一仍其旧。

四、本书以“人间，远行”为主题，从作者的自传和游记中精选24篇散文并分类成四个章节，希望带领读者从中领略各地的风土人情，感受祖国的大好河山。

目录

浮云游子意

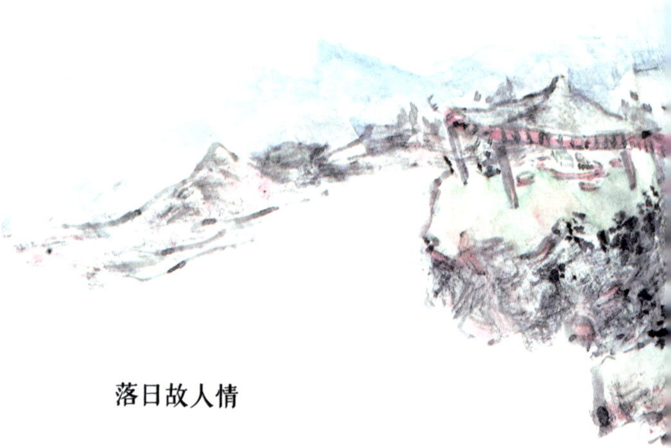

落日故人情

人生天地间

我的家庭

咸同之季，中国近代史极可注意之一页，曾左胡彭[1]所领带的湘军部队中，筸军有个相当的位置。统率筸军转战各处的是一群青年将校，最著名的为田兴恕。当时同伴数人，年在二十以内，同时得到提督衔的仿佛有四位，其中有一沈洪富[2]，便是我的祖父。这青年军官二十二岁左右时，便曾作过一度云南昭通镇守使。同治二年[3]又作过贵州总督，到后因创伤回到家中，终于便在家中死掉了。这青年军官死去时，所留下的一分光荣与一分产业，使他后嗣在本地方占了一个优越的地位。

就由于存在本地军人口中那一分光荣，引起了后人对军人家世的骄傲，我的父亲生下地时，祖母所期望的事，是

---

① 曾左胡彭：指曾国藩、左宗棠、胡林翼、彭玉麟。下文“筸军”，指湘军中以镇筸人为主体组成的军队。

② 沈洪富：指沈宏富，实为贵州提督。

③ 同治二年：1863年。

家中再来一个将军。家中所期望的并不曾失望，自体魄与气度两方面说来，我爸爸生来就不缺少一个将军的风仪。硕大，结实，豪放，爽直，一个将军所必需的种种本色，爸爸无不兼备，爸爸十岁左右时，家中就为他请了武术教师同老塾师，学习作将军所不可少的技术与学识。但爸爸还不曾成名以前，我的祖母却死去了。那时正是庚子联军入京的第三年。当庚子年大沽失守，镇守大沽的罗提督[①]自尽殉职时，我的爸爸便正在那里作他身边一员裨将。那次战争据说毁去了我家中产业的一大半。由于爸爸的爱好，家中一些较值钱的宝货常放在他身边，这一来便完全失掉了。战事既已不可收拾，北京失陷后，爸爸回到了家乡。第三年祖母死去。祖母死时我刚活到这世界上四个月。那时我头上已经有两个姐姐、一个哥哥。没有庚子的拳乱[②]，我爸爸不会回来，我也不会存在。关于祖母的死，我仿佛还依稀记得我被谁抱着在一个白色人堆里转动，随后还被搁到一个桌子上去。我家中自从祖母死后十余年内不曾死去一人，若不是我在两岁以后做梦，这点影子便应当是那时唯一的记忆。

---

① 罗提督：指当时的天津总兵罗荣光。沈从文之父沈宗嗣曾跟随他驻守大沽口炮台。

② 庚子的拳乱：指义和团运动——1900年以农民和破产失业的城乡居民为主体的中国人民反帝爱国运动。

我的兄弟姊妹共九个，我排行第四，除去幼年殇去的姊妹，现在生存的还有五个，计兄弟姊妹各一，我应当在第三。

我的母亲姓黄[①]，年纪极小时就随同我一个舅父在军营中生活，所见事情很多，所读的书也似乎较爸爸读的稍多。我等兄弟姊妹的初步教育，便全是这个瘦小、机警，富于胆气与常识的母亲担负的。我的教育得于母亲的不少，她告我认字，告我认识药名，告我决断；做男子极不可少的决断。我的气度得于父亲影响的较少，得于妈妈的也较多。

① 沈从文之母姓黄名英。

我读一本小书同时又读一本大书

我能正确记忆到我小时的一切，大约在两岁左右。我从小到四岁左右，始终健全肥壮如一只小豚。四岁时母亲一面告给我认方字，外祖母一面便给我糖吃，到认完六百生字时，腹中生了蛔虫，弄得黄瘦异常，只得每天用草药蒸鸡肝当饭。那时节我即已跟随了两个姊姊，到一个女先生处上学。那人既是我的亲戚，我年龄又那么小，过那边去念书，坐在书桌边读书的时节较少，坐在她膝上玩的时间或者较多。

到六岁时我的弟弟方两岁，两人同时出了疹子，时正六月，日夜皆在吓人高热中受苦，又不能躺下睡觉，一躺下就咳嗽发喘，又不要人抱，抱时全身难受，我还记得我同我那弟弟两人当时皆用竹簟卷好，同春卷一样，竖立在屋中阴凉处。家中人当时业已为我们预备了两具小小棺木；搁在院中廊下，但十分幸运，两人到后居然全好了。我的弟弟病后雇请了一个壮实高大的苗妇人照料，照料得法，他便壮大异常。我因此一病，却完全改了样子，从此不再与肥胖为缘了。

六岁时我已单独上了私塾。如一般风气，凡是私塾中给予小孩子的虐待，我照样也得到了一分。但初上学时我因为在家中业已认字不少，记忆力从小又似乎特别好，故比较其余小孩，可谓十分幸福。第二年后换了一个私塾，在这私塾中我跟从了几个较大的学生，学会了顽劣孩子抵抗顽固塾师的方法，逃避那些书本去同一切自然相亲近。这一年的生活形成了我一生性格与感情的基础。我间或逃学，且一再说谎，掩饰我逃学应受的处罚。我的爸爸因这件事十分愤怒，有一次竟说若再逃学说谎，便当实行砍去我一个手指。我仍然不为这话所恐吓，机会一来时总不把逃学的机会轻轻放过。当我学会了用自己眼睛看世界一切，到一切生活中去生活时，学校对于我便已毫无兴味可言了。

我爸爸平时本极爱我，我曾经有一时还作过我那一家的中心人物。稍稍害点病时，一家人便光着眼睛不即睡眠，在床边服侍我，当我要谁抱时谁就伸出手来。家中那时经济情形很好，我在物质方面所享受到的，比起一般亲戚小孩似乎皆好得多。我的爸爸既一面只作将军的好梦，一面对于我却怀了更大的希望。他仿佛早就看出我不是个军人，不希望我作将军，却告给我祖父的许多勇敢光荣的故事，以及他庚子年间所得的一分经验。他以为我不拘作什么事，总之应比作个将军高些。第一个赞美我明慧的就是我的爸爸。可是当他发现了我成天从塾中逃出到太阳底下同一群小流氓游荡，任何方法都不能拘束这颗小小的心，且不能禁止我狡猾的说谎时，我的行为实在伤了这个军人的心。同时那小我四岁的弟弟，因为看护他的苗妇人照料十分得法，身体养育得强壮异常，年龄虽小，便显得气派宏大，凝静结实，且极自尊自爱，故家中人对我感到失望时，对他便异常关切起来。这小孩子到后来也并不辜负家中人的期望，二十二岁时便作了步兵上校。至于我那个爸爸，却在蒙古、东北、西藏各处军队中混过，民国二十年[①]时还只是一个上校，把将军希望留在弟弟身上，在家乡从一种极轻微的疾病中便瞑目了。

我有了外面的自由，对于家中的爱护反觉处处受了牵制，因此家中人疏忽了我的生活时，反而似乎使我方便了一些。领导我逃出学塾，尽我到日光下去认识这大千世界微妙的光，稀奇的色，以及万汇百物的动静，这人是我一个张姓表哥。他开始带我到他家中橘柚园中去玩，到各处山上去玩，到各种野孩子堆里去玩，到水边去玩。他教我说谎，用一种谎话对付家中，又用另一种谎话对付学塾，引诱我跟他各处跑去。即或不逃学，学塾为了担心学童下河洗澡，每度中午散学时，照例必在每人手心中用朱笔写一大字，我们尚依然能够一手高举，把

① 民国二十年：1931年。

身体泡到河水中玩个半天，这方法也亏那表哥想出的。我感情流动而不凝固，一派清波给予我的影响实在不小。我幼小时较美丽的生活，大部分都与水不能分离。我的学校可以说是在水边的。我认识美，学会思索，水对我有极大的关系。我最初与水接近，便是那荒唐表哥领带的。

现在说来，我在作孩子的时代，原本也不是个全不知自重的小孩子。我并不愚蠢。当时在一班表兄弟中和弟兄中，似乎只有我那个哥哥比我聪明，我却比其他一切孩子解事。但自从那表哥教会我逃学后，我便成为毫不自重的人了。在各样教训各样方法管束下，我不欢喜读书的性情，从塾师方面，从家庭方面，从亲戚方面，莫不对于我感觉得无多希望。我的长处到那时只是种种的说谎。我非从学塾逃到外面空气下不可，逃学过后又得逃避处罚，我最先所学，同时拿来致用的，也就是根据各种经验来制作各种谎话。我的心总得为一种新鲜声音、新鲜颜色、新鲜气味而跳。我得认识本人生活以外的生活。我的智慧应当从直接生活上得来，却不需从一本好书一句好话上学来。似乎就只这样一个原因，我在学塾中，逃学纪录点数，在当时便比任何一人都高。

离开私塾转入新式小学时，我学的总是学校以外的。到我出外自食其力时，我又不曾在我职务上学好过什么。二十年后我“不安于当前事务，却倾心于现世光色，对于一切成例与观念皆十分怀疑，却常常为人生远景而凝眸”，这分性格的形成，便应当溯源于小时在私塾中的逃学习惯。

自从逃学成为习惯后，我除了想方设法逃学，什么也不再关心。

有时天气坏一点，不便出城上山里去玩，逃了学没有什么去处，我就一个人走到城外庙里去，那些庙里总常常有人在殿前廊下绞绳子、织竹簟、做香，我就看他们做事。有人下棋，我看下棋。有人打拳，我看打拳。甚至于相骂，我也看着，看他们如何骂来骂去，如何结果。因为自己既逃学，走到的地方必不能有熟人，所到的必是较远的庙里。到了那里，既无一个熟人，因此什么事皆只好用耳朵去听，眼睛去看，直到看无可看听无可听时，我便应当设计打量我怎么回家去的方法了。

来去学校我得拿一个书篮。逃学时还把书篮挂到手肘上，这就未免太蠢了一点。凡这么办的可以说是不聪明的孩子。许多这种小孩子，因为逃学到各处去，人家一见就认得出，上年纪一点的人见到时就会说：逃学的人，你赶快跑回家挨打去，不要在这里玩。若无书篮可不必受这种教训。因此我们就想出了一个方法，把书篮寄存到一个土地庙里去，那地方无一个人看管，但谁也用不着担心他的书篮。小孩子对于土地神全不缺少必需的敬畏，都信托这木偶，把书篮好好的藏到神座龛子里去，常常同时有五个或八个，到时却各人把各人的拿走，谁也不会乱动旁人的东西。我把书篮放到那地方去，次数是不能记忆了的，照我想来，搁的最多的必定是我。

逃学失败被家中学校任何一方面发觉时，两方面总得各挨一顿打，在学校得自己把板凳搬到孔夫子牌位前，伏在上面受笞。处罚过后还要对孔夫子牌位作一揖，表示忏悔。有时又常常罚跪至一根香时间。我一面被处罚跪在房中的一隅，一面便记着各种事情，想象恰如生了一对翅膀，凭经验飞到各样动人事物上去。按照天气寒暖，想到河中的鳜鱼被钓起离水以后拨刺的情形，想到天上飞满风筝的情形，想到空山中歌呼的黄鹂，想到树木上累累的果实。由于最容易神往到种种屋外东西上去，反而常把处罚的痛苦忘掉，处罚的时间忘掉，直到被唤起以后为止，我就从不曾在被处罚中感觉过小小冤屈。那不是冤屈。我应感谢那种处罚，使我无法同自然接近时，给我一个练习想象的机会。

家中对这件事自然照例不大明白情形，以为只是教师方面太宽的过失，因此又为我换一个教师。我当然不能在这些变动上有什么异议。现在说来我倒又得感谢我的家中，因为先前那个学校比较近些，虽常常绕道上学，终不是个办法，且因绕道过远，把时间耽误太久时，无可托词。现在的学校可真很远很远了，不必包绕偏街，我便应当经过许多有趣味的地方了。从我家中到那个新的学塾里去时，路上我可看到针铺门前永远必有一个老人戴了极大的眼镜，低下头来在那里磨针。又可看到一个伞铺，大门敞开，作伞时十几个学徒一起工作，尽人欣赏。又有皮靴店，大胖子皮匠天热时总腆出一个大而黑的肚皮（上面有一撮毛！），用夹板绱鞋。又有剃头铺，任何时节总有人手托一个小小木盘，呆呆的在那里尽剃头师傅刮头。又可看到一家染坊，有强壮多力的苗人，踹在凹形石碾上面，站得高高的，偏左偏右的摇荡。又有三家苗人打豆腐的作坊，小腰白齿头包花帕的苗妇人，时时刻刻口上都轻声唱歌，一面引逗缚在身背后包单里的小苗人，一面用放光的铜勺舀取豆浆。我还必需经过一个豆粉作坊，远远的就可听到骡子推磨隆隆的声音，屋顶棚架上晾满白粉条。我还得经过一些屠户肉案桌，可看到那些新鲜猪肉砍碎时尚在跳动不止。我还得经过一家扎冥器出租花轿的铺子，有白面无常鬼，蓝面魔鬼，鱼龙，轿子，金童玉女，每天且可以从他那里看出有多少人接亲，有多少冥器，那些定做的作品又成就了多少，换了些什么式样，并且还常常停顿一两分钟，看他们贴金，傅粉，涂色。

我就欢喜看那些东西，一面看一面明白了许多事情。

每天上学时，照例手肘上挂了那个竹篮，里面放两本破书，在家中虽不敢不穿鞋，可是一出了大门，即刻就把鞋脱下拿到手上，赤脚向学校走去。不管如何，时间照例是有多余的，因此我总得绕一节路玩玩。若从西城走去，在那边就可看到牢狱，大清早若干人从那方面带了脚镣从牢中出来，派过衙门去挖土。若从杀人处走过，昨天杀的人还不收尸，一定已被野狗把尸首咋碎或拖到小溪中去了，就走过去看看那个糜碎了的尸体，或拾起一块小小石头，在那个污秽的头颅上敲打一下，或用一木棍去戳戳，看看会动不动。若还有野狗在那里争夺，就预先拾了许多石头放在书篮里，随手一一向野狗抛掷，不再过去，只远远的看看，就走开了。

既然到了溪边，有时候溪中涨了小小的水，就把裤管高卷，书篮顶在头上，一只手扶书篮一只手照料裤子，在沿了城根流去的溪水中走去，直到水深齐膝处为止。学校在北门，我出的是西门，又进南门，再绕从城里大街一直走去。在南门河滩方面我还可以看一阵杀牛，机会好时恰好正看到那老实可怜畜牲放倒的情形。因为每天可以看一点点，杀牛的手续同牛内脏的位置不久也就被我完全弄清楚了。再过去一点就是边街，有织簟子的铺子，每天任何时节皆有几个老人坐在门前用厚背的钢刀破篾，有两个小孩子蹲在地上织簟子。（这种事情在学校门边也有，我对于这一行手艺，所明白的种种，现在说来似乎比写字还在行。）又有铁匠铺，制铁炉同风箱皆占据屋中，大门永远敞开着，时间即或再早一些，也可以看到一个小孩子两只手拉着风箱横柄，把整个身子的分量前倾后倒，风箱于是就连续发出一种吼声，火炉上便放出一股臭烟同红光。待到把赤红的热铁拉出搁放到铁砧上时，这个小东西，赶忙舞动细柄铁锤，把铁锤从身背后扬起，在身面前落下，火花四溅的一下一下打着。有时打的是一把刀，有时打的是一件农具。有时看到的又是用一把凿子在未淬水的刀上起去铁皮，有时又是把一条薄薄的钢片嵌进熟铁里去。日子一多，关于任何一件机器的制造秩序我也不会弄错了。边街又有小饭铺，门前有个大竹筒，插满了用竹子削成的筷子，有干鱼同酸菜，用钵头装满放在门前柜台上，引诱主顾上门，意思好像是说："吃我，随便吃我，好吃！"每次我总仔细看看，真所谓过屠门而大嚼。

我最欢喜天上落雨，一落了小雨，若脚下穿的是布鞋，即或天气正当十冬腊月，我也可以用恐怕湿却鞋袜为辞，有理由即刻脱下鞋袜赤脚在街上走路。但最使人开心事，还是落过大雨以后，街上许多地方已被水所浸没，许多地方阴沟中涌出水来，在这些地方照例常常有人不能过身，我却赤着两脚故意向深水中走去。若河中涨了点水，照例上游会漂流得有木头、家具、南瓜同其他东西，就赶快到横跨大河的桥上去看热闹。桥上必已经有人用长绳系了自己的腰身，在桥头上呆着，注目水中，有所等待，看到有一段大木或一件值得下水的东西浮来时，就踊身一跃，骑到那树上，或傍近物边，把绳子缚定，自己便快快的向下游岸边泅去。另外几个在岸边的人把水中人援助上岸后，就把绳子拉着，或缠绕到大石上大树上去，于是第二次又有第二人来在桥头上等候。我欢喜看人在洄水里扳罾[①]，巴掌大的活鱼在网中蹦跳。一涨了水照例也就可以看这种有趣味的事情。照家中规矩，一落雨就得穿上钉鞋，我可真不愿意穿那种笨重钉鞋。虽然在半夜时有人从街巷里过身，钉鞋声音实在好听，大白天对于钉鞋我依然毫无兴味。

若在四月落了点小雨，山地里田塍上各处皆是蟋蟀声音，真使人心花怒放。在这些时节，我便觉得学校真没有意思，简直坐不住，总得想方设法逃学上山去捉蟋蟀。有时没有什么东西安置这小东西，就走到那里去，把第一只捉到手后又捉第二只，两只手各有一只后，就听第三只。本地蟋蟀原分春秋二季，春季的多在田间泥里草里，秋季的多在人家附近石罅里瓦砾中，如今既然这东西只在泥层里，故即或两只手心各有一匹小东西后，我总还可以想方设法把第三只从泥土中赶出，看看若比较手中的大些，即开释了手中所有，

① 罾（zēng）：一种用木棍或竹竿做支架的方形渔网。

捕捉新的，如此轮流换去，一整天方捉回两只小虫。城头上有白色炊烟，街巷里有摇铃铛卖煤油的声音，约当下午三点左右时，赶忙走到一个刻花板的老木匠那里去，很兴奋的同那木匠说：

“师傅师傅，今天可捉了大王来了！”

那木匠便故意装成无动于衷的神气，仍然坐在高凳上玩他的车盘，正眼也不看我的说：“不成，要打打得赌点输赢！”

我说：“输了替你磨刀成不成？”

“嗨，够了，我不要你磨刀，上次磨凿子还磨坏了我的家伙！”

这不是冤枉我的一句话，我上次的确磨坏了他的一把凿子。不好意思再说磨刀了，我说：

“师傅，那这样办法，你借给我一个瓦盆子，让我自己来试试这两只谁能干些好不好？”我说这话时真怪和气，为的是他以逸待劳，不允许我还是无办法。

那木匠想了想，好像莫可奈何的样子：“借盆子得把战败的一只给我，算作租钱。”

我满口答应：“那成那成。”

于是他方离开车盘，很慷慨的借给我一个泥罐子，顷刻之间我也就只剩下一只蟋蟀了。这木匠看看我捉来的虫还不坏，必向我提议："我们来比比，你赢了，我借你这泥罐一天；你输了，你把这蟋蟀输给我：办法公平不公平？"我正需要那么一个办法，连说公平公平，于是这木匠进去了一会儿，拿出一只蟋蟀来同我一斗，不消说，三五回合我的自然又败了。他用的蟋蟀照例却常常是我前一天输给他的。那木匠看看我有点颓丧，明白我认识那匹小东西，担心我生气时一摔，一面赶忙收拾盆罐，一面带着鼓励我神气笑笑的说：

"老弟，老弟，明天再来，明天再来！你应当捉好的来，走远一点。明天来，明天来！"

我什么话也不说，微笑着，出了木匠的大门，回家了。

这样一整天在为雨水泡软的田塍上乱跑，回家时常常全身是泥，家中当然一望而知，于是不必多说，沿老例跪一根香，罚关在空房子里，不许哭，不许吃饭。等一会儿我自然可以从姊姊方面得到充饥的东西，悄悄的把东西吃下以后，我也疲倦了，因此空房中即或再冷一点，老鼠来去很多，一会儿就睡着，再也不知道如何上床的事了。

即或在家中那么受折磨，到学校去时又免不了补挨一顿板子，我还是在想逃学时就逃学，决不为经验所恐吓。

有时逃学又只是到山上去偷人家园地里的李子、枇杷，主人拿着长长的竹杆子大骂着追来时，就飞奔而逃，逃到远处一面吃那个赃物，一面还唱山歌气那主人。总而言之，人虽小小的，两只脚跑得很快，什么茨棚里钻去也不在乎，要捉我可捉不到，就认为这种事很有趣味。

可是只要我不逃学，在学校里我是不至于像其他那些人受处罚的。我从不用心念书，但我从不在应当背诵时节无法对付。许多书总是临时来读十遍八遍，背诵时节却居然琅琅上口，一字不遗。也似乎就由于这分小小聪明，学校把我同一般人的待遇，更使我轻视学校。家中不了解我为什么不想上进，不好好的利用自己聪明用功，我不了解家中为什么只要我读书，不让我玩。我自己总以为读书太容易了点，把认得的字记记那不算什么希奇。最希奇处应当是另外那些人，在他那分习惯下所做的一切事情。为什么骡子推磨时得把眼睛遮上？为什么刀得烧红时在水里一淬方能坚硬？为什么雕佛像的会把木头雕成人形，所贴的金那么薄又用什么方法作成？为什么小铜匠会在一块铜板上钻那么一个圆眼，刻花时刻得整整齐齐？这些古怪事情太多了。

我生活中充满了疑问，都得我自己去找寻答解。我要知道的太多，所知道的又太少，有时便有点发愁。就为的是白日里太野，各处去看，各处去听，还各处去嗅闻：死蛇的气味，腐草的气味，屠户身上的气味，烧碗处土窑被雨以后放出的气味，要我说来虽当时无法用言语去形容，要我辨别却十分容易。蝙蝠的声音，一只黄牛当屠户把刀剸进它喉中时叹息的声音，藏在田塍土穴中大黄喉蛇的鸣声，黑暗中鱼在水面泼剌的微声，全因到耳边时分量不同，我也记得那么清清楚楚。因此回到家里时，夜间我便做出无数希奇古怪的梦。这些梦直到将近二十年后的如今，还常常使我在半夜里无法安眠，既把我带回到那个“过去”的空虚里去，也把我带往空幻的宇宙里去。

在我面前的世界已够宽广了，但我似乎就还得一个更宽广的世界。我得用这方面弄到的知识证明那方面的疑问。我得从比较中知道谁好谁坏。我得看许多业已由于好询问别人，以及好自己幻想，所感觉到的世界上的新鲜事情、新鲜东西。结果能逃学我逃学，不能逃学我就只好做梦。

照地方风气说来，一个小孩子野一点的照例也必需强悍一点，因此各处方能跑去。各处跑去皆随时会有一样东西在无意中扑到你身边来，或是一只凶恶的狗，或是一个顽劣的人。无法抵抗这点袭击，就不容易各处自由放荡。一个野一点的孩子，即或身边不必时时刻刻带一把小刀，也总得带一削光的竹块，好好的插到袴带上；遇机会到时，就取出来当作军器，尤其是到一个离家较远的地方去看木傀儡戏，不准备厮杀一场简直不成。你能干点，单身往各处去，有人挑战时还只是一人近你身边来恶斗，若包围到你身边的顽童人数极多，你还可挑选同你精力不大相差的一人；你不妨指定其中之一个说：

“要打吗？你来。我同你来。”

到时也只那一个人拢来，被他打倒，你活该，只好伏在地上尽他压着痛打一顿。你打倒了他，他活该，你把他揍够后你当时可以自由走去，谁也不会追你，只不过说句“下次再来”罢了。

可是你根本上若就十分怯弱？即或结伴同行，到什么地方去时，也会有人特意挑出你来殴斗，应战你得吃亏，不答应你得被仇人与同伴两方面奚落，顶不经济。

感谢我那爸爸给了我一分勇气，人虽小，到什么地方去我总不吓怕。到被人围上必需打架时，我能挑出那些同我不差多少的人来，我的敏捷同机智，总常常占点上风。有时气运不佳，无意中被人摔倒，我还会有方法翻身过来压到别人身上去。在这件事上我只吃过一次亏，不是一个小孩，却是一只恶狗，把我攻倒后，咬伤了我一只手。我走到任何地方去皆不怕谁，同时又换了好些私塾，各处皆有些同学，并且互相皆逃过学，便有无数朋友，因此也不会同人打架了。可是自从被那只恶狗攻过一次以后，到如今我却依然十分怕狗。

至于我那地方的大人，用单刀在大街上决斗本不算回事。事情发生时，那些有小孩子在街上玩的母亲，也不过说："小杂种，站远一点，不要太近！"嘱咐小孩子稍稍站开点儿罢了。但本地军人互相砍杀虽不出奇，行刺暗算却不作兴。这类善于殴斗的人物，在当地另成一组，豁达大度，谦卑接物，为友报仇，爱义好施，且多非常孝顺。但这类人物为时代所陶冶，到民五[1]以后也就渐渐消灭了，虽有些青年军官还保存那点风格，风格中最重要的一点洒脱处，却为了军纪一类影响，大不如前辈了。

我有三个堂叔叔，皆住在城南乡下，离城四十里左右。那地方名黄罗寨，出强悍的人同猛鸷的兽，我爸爸三岁时在那里差一点险被老虎咬去。我四岁左右，到那里第一天，就看见乡下人抬了一只死虎进城，给我留下极深刻的印象。

我还有一个表哥，住在城北十里地名长宁哨的乡下，从那里再过十里便是苗乡。表哥是一个紫色脸膛的人，一个守碉堡的战兵。我四岁时被他带到乡下去过了三天，二十年后还记得那个小小城堡黄昏来时鼓角的声音。

这战兵在苗乡有点势力，很能喊叫一些苗人。每次来城时，必为我带一只小鸡或一点别的东西。一来为我说苗人故事，临走时我总不让他走。我欢喜他，觉得他比乡下叔父有趣。

---

① 民五：指民国五年（1916年）。

我上许多课仍然不放下那一本大书

我改进了新式小学后，学校不背诵经书，不随便打人，同时也不必成天坐上桌边，每天不只可以在小院子中玩，互相扭打，先生见及，也不加以约束，七天照例又还有一天放假，因此我不必再逃学了。可是在那学校照例也就什么都不曾学到。每天上课时照例上上，下课时就遵照大的学生指挥，找寻大小相等的人，到操坪中去打架。一出门就是城墙，我们便想法爬上城去，看城外对河的景致。上学散学时，便如同往常一样，常常绕了多远的路，去看看那些木工手艺人新雕的佛像，贴了多少金。看看那些铸钢犁的人，一共出了多少新货。或者什么人家孵了小鸡，也常常不管远近必跑去看看。一到星期日，我在家中写了十六个大字后，就一溜出门，一直到晚，方回家中。

半年后家中母亲相信了一个亲戚的建议，以为应从城内第二初级小学换到城外第一小学，这件事实行后更使我方便快乐。新学校临近高山，校屋前后各处是树，同学又多，当然十分有趣。到这学校我仍然什么也不学得，字也不认多少，可是我倒学会了爬树。几个人一下课就各自检选一株合抱大梧桐树，看谁先爬到顶。我从这方面便认识约三十种树木的名称。因为爬树有时跌下或扭伤了脚，拉破了手，就跟同学去采药，又认识了十来种草药。我开始学会了钓鱼，总是上半天学钓半天鱼。我学会了采笋子，采蕨菜。后山上到春天各处是兰花，各处是可以充饥解渴的刺莓，在竹篁里且有无数雀鸟，我便跟他们认识了许多雀鸟且认识许多果树。去后山约一里左右，又有一个制瓷器的大窑，我们便常常过那里去看人制造一切瓷器，看一块白泥在各样手续下成为一个饭碗，或一件别种用具的情形。

学校环境使我们在校外所学的实在比校内课堂上多十倍，但在学校也学会了一件事，便是各人用刀在座位板下镌雕自己的名字。又因为学校有做手工的白泥，我们却用白泥摹塑教员的肖像，且各为取一怪名。绵羊、耗子、老土地菩萨，还有更古怪的称呼！在这些事情上我的成绩照例比学校功课好一点，但自然不能得到任何奖励。

照情形看来，我已不必逃学，但学校既不严格，四个教员恰恰又有我两个表哥在内，想要到什么地方去时，我便请假。看戏请假，钓鱼请假，甚至于几个人到三里外田坪中去看人割禾，也向老师请假。

那时我家中每年还可收取租谷三百石左右，到秋收时，我便同叔父或其他年长亲戚，往二十里外的乡下去，监视佃夫督促临时雇来的工人割禾。等到田中成熟禾穗已空，新谷装满白木浅缘方桶时便把新谷倾倒到大晒谷簟上来，与佃夫相对平分，其一半应归佃夫所有的，由他们去处置，我们把我家应得那一半，雇人押运回家。在那里最有趣处是可以辨别各种禾苗，认识各种害虫，学习捕捉蚱蜢分别蚱蜢。同时学用鸡笼去罩捕水田中的肥大鲤鱼鲫鱼，把鱼捉来即用黄泥包好塞到热灰里去煨熟分吃。又向佃户家讨小小斗鸡，且认识种类，准备带回家来抱到街上去寻找别人公雏作战。又从小农人处学习抽稻草心织小篓小篮，剥桐木皮作卷筒哨子，用小竹子作唢呐。有时捉得一个刺猬，有时打死一条大蛇，又有时还可跟叔父让佃户带到山中去，把雉媒抛出去，吹唿哨招引野雉，鸟枪里装上一把散碎铁砂同黑色土药，猎取这华丽骄傲的禽鸟。

为了打猎，秋末冬初我们还常常去佃户家。我最欢喜的是猎取野猪同黄麂，看他们下围，跟着他们乱跑，有一次还被他们捆缚在一株大树高枝上，看他们把受惊的黄麂从树下追赶过去。我又看过猎狐，眼看着一对狡猾野兽在一株大树根下转，到后这东西便变成了我叔父的马褂。

学校既然不必按时上课，其余的时间我们还得想出几件事情来消磨，到下午三点才能散学。几个人爬上城去，坐在大铜炮上看城外风光，一面拾些石头奋力向河中掷去，这是一个办法。另外就是到操场一角砂地上去拿顶翻斤斗，每个人轮流来作这件事，不溜刷的便仿照技术班办法，在那人腰身上缚一条带子，两个人各拉一端，翻斤斗时用力一抬，日子一多，便无人不会翻斤斗了。

因为学校有几个乡下来的同学，身体壮大异常，便有人想出好主意，提议要这些乡下人装成马匹，让较小的同学跨到马背上去，同另一匹马上另一员勇将来作战，在上面扭成一团，直到跌下地后为止。这些作马匹的同学，总照例非常忠厚可靠，在任何情形下皆不卸责。作战总有受伤的，不拘谁人头面有时流血了，就抓一把黄土，将伤口敷上，全不在乎似的。我常常设计把这些人马调度得十分如法，他们服从我的编排，比一匹真马还驯服规矩。

放学时天气若还早一些，几个人不是上城去坐，就常常沿了城墙走去。有时节出城去看看，有谁的柴船无人照料，看明白了这只船的的确确无人时，几人就匆忙跳上了船，很快的向河中心划去。等一会那船主人来时，若在岸上和和气气地说：

“兄弟，兄弟，你们把船划回来。我得回家！”

遇到这种和平人时，我们也总得十分和气把船划回来，各自跳上了岸，让人家上船回家。若那人性格暴躁点，一见自己小船为一群胡闹的小将把它送到河中打着圈儿转，心中十分忿怒，大声的喊骂，说出许多恐吓无理的野话，那我们便一面回骂着，一面快快的把船向下游流去，尽他叫骂也不管它，到下游时几个人上了岸，就让这船搁在浅滩上不再理会了。有时刚上船坐定，即刻便被船主人赶来，那就得有一分儿担当经验了。船主照例知道我们受不了什么簸荡，抢上船头，把身体故意向左右连续倾侧不已，因此小船就在水面胡乱颠簸，一个无经验的孩子担心身体会掉到水中去，必惊骇得大哭不已。但有了经验的人呢，你估计一下，先看看是不是逃得上岸，若已无可逃避，那就好好的坐在船中，尽那乡下人的磨炼，拚一身衣服给水湿透，你不慌不忙，只稳稳的坐在船中，不必作声告饶，也不必恶声相骂，过一会儿那乡下人看看你胆量不小，知道用这方法吓不了你，他就会让你明白他的行为不过是一种带恶意的玩笑，这玩笑到时应当结束了，必把手叉上腰边，向你微笑，抱歉似的微笑。

“少爷，够了，请你上岸！”

于是几个人便上岸了。有时不凑巧，我们也会为人用小桨竹篙一路追赶着打我们，还一路骂我们，只要逃走远一点点，用什么话骂来，我们照例也就用什么话骂回去，追来时我们又很快的跑去。

那河里有鳜鱼，有鲫鱼，有小鲇鱼，钓鱼的人多向上游一点走去。隔河是一片苗人的菜园，不涨水，从跳石上过河，到菜园里去看花、买菜心吃的次数也很多。河滩上各处晒满了白布同青菜，每天还有许多妇人背了竹笼来洗衣，用木棒杵在流水中捶打，回声訇訇的从东城墙脚下应出。

天热时，到下午四点以后，满河中都是赤光光的身体。有些军人好事爱玩，还把小孩子、战马、看家的狗，同一群鸭雏，全部都带到河中来。有些人父子数人同来。大家皆在激流清水中游泳，不会游泳的便把裤子泡湿，扎紧了裤管，向水中急急的一兜，捕捉了满满的一裤空气，再用带子捆好，便成了极合用的“水马”，有了这东西，即或全不会漂浮的人，也能很勇敢的向水深处泅去。到这种人多的地方，照例不会被水淹死的，一出了什么事，大家皆很勇敢的救人。

我们洗澡可常常到上游一点去，那里人既很少，水又极深，对我们才算合式。这件事自然得瞒着家中人。家中照例总为我担忧，惟恐一不小心就会为水淹死。每天下午既无法禁止我出去玩，又知道下午我不会到米厂上去同人赌骰子，那位对于管拘我侦察我十分负责的大哥，照例一到饭后我出门不久，他也总得到城外河边一趟。人多时不能从人丛中发现我，就沿河去注意我的衣服，在每一堆衣服上来一分注意，一见到我的衣服，一句话不说，就拿起来走去，远远的坐到大路上，等候我要穿衣时来同他会面。衣裤既然在他手上，我不能不见他了，到后只好走上岸来，从他手上把衣服取到手，两人沉沉默默的回家，回去不必说什么，只准备一顿打。可是经过两次教训后，我即或仍然在河中洗澡，也就不至于再被家中人发现了。我可以搬些石头把衣压着，只要一看到他从城门洞边大路走来时，必有人告给我，我就快快的泅到河中去，向天仰卧，把全身泡在水中，只浮出一张脸一个鼻孔来，尽岸上那一个搜索也不会得到什么结果。有些人常常同我在一处，哥哥认得他们，看到了他们时，就唤他们：

“熊澧南，印鉴远，你见我兄弟吗？”

那些同学便故意大声答着：

“我们不知道，你不看看衣服吗？”

“你们不正是成天在一堆胡闹吗？”

“是呀，可是现在谁知道他在那一片天底下？”

“他不在河里吗？”

“你不看看衣服吗？不数数我们的数目吗？”

这好人便各处望望，果然不见我的衣裤，相信我那朋友的答复不是句谎话，于是站在河边欣赏了一阵河中景致，又弯下腰拾起两个放光的贝壳，用他那双常若含泪发愁的艺术家眼睛赏鉴了一下，或坐下来取出速写簿，随意画两张河景的素描，口上嘘嘘打着唿哨，又向原来那条路上走去了。等他走去以后，我们便来模仿我这个可怜的哥哥，互相反复着前后那种答问。“熊澧南，印鉴远，看见我兄弟吗？”“不知道，不知道，你自己不看看这里一共有多少衣服吗？”“你们成天在一堆！”“是呀！成天在一堆，可是谁知道他现在到那儿去了呢？”于是互相浇起水来，直到另一个逃走方能完事。

有时这好人明知道我在河中，当时虽无法擒捉，回头却常常隐藏在城门边，坐在苗妇人小茅棚里，很有耐心的等待着，等到我十分高兴的从大路上同几个朋友走近身时，他便风快的同一只公猫一样，从那小棚中跃出，一把攫住了我衣领。于是同行的朋友就大嚷大笑，伴送我到家门口，才自行散去。不过这种事也只有三两次，我从经验上既知道这一着棋时，我进城时便常常故意慢一阵，有时且绕了极远的东门回去。

我人既长大了些，权利自然也多些了，在生活方面我的权利便是即或家中明知我下河洗了澡，只要不是当面被捉，家中可不能用爬搔皮肤方法决定我的应否受罚了。同时我的游泳自然也进步多了，我记到我能在河中来去泅过三次，至于那个名叫熊澧南的，却大约能泅过五次。

下河的事若在平常日子，多半是晚饭以后才去。如遇星期日，则常常几人先一天就邀好，过河上游一点棺材潭的地方去，泡一个整天，泅一阵水又摸一会鱼，把鱼从水中石底捉得，就用枯枝在河滩上烧来当点心。有时那一天正当附近十里二十里苗乡场集，就空了两只手跑到那地方去，玩一个半天。到了场上后，过卖牛处看看他们讨论价钱的样子，又过卖猪处看看那些大猪小猪，又到赌场上去看看那些乡下人一只手抖抖的下注，替别人担一阵心。又到卖山货处去，用手摸摸那些豹子老虎的皮毛，且听听他们谈到猎取这野物的种种经验。又到卖鸡处去，欣赏欣赏那些大鸡小鸡，我们皆知道什么鸡战斗时厉害，什么鸡生蛋极多。我们且各自把那些斗鸡毛色记下来，因为这些鸡照例当天全将为城中来的兵士和商人买去，五天以后就会在城中斗鸡场出现。我们间或还可在敞坪中看苗人决斗，用扁担或双刀互相拚命。小河边到了场期，照例来了无数小船，无数竹筏，竹筏上且常常有长眉秀目脸儿极白奶头高肿的青年苗族女人，用绣花大衣袖掩着口笑，使人看来十分舒服。我们来回走二三十里路，各个人两只手既是空空的，因此在场上什么也不能吃。间或谁一个人身上有一两枚铜元，就到卖狗肉摊边去割一块狗肉，蘸些咸水，平均分来吃吃。或者无意中谁一个在人丛中碰着了一位亲长，被问道：“吃过点心吗？”大家正饿着，互相望了会儿，羞羞怯怯的一笑。那人知道情形了，便说：“这成吗？不喝一杯还算赶场吗？”到后自然就被拉到狗肉摊边去，切一斤两斤肥狗肉，分割成几大块，各人来那么一块，蘸了盐水往嘴上送。

机会不好不曾碰到这么一个慷慨的亲戚，我们也依然不会瘪着肚皮回家。沿路有无数人家的桃树李树，果实全把树枝压得弯弯的，等待我们去为它们减除一分担负！还有多少黄泥田里，红萝卜大得如小猪头，没有我们去吃它，赞美它，便始终委屈在那深土里！除此以外路塍上无处不是莓类同野生樱桃，大道旁无处不是甜滋滋的枇杷，无处不可得到充饥果腹的东西。口渴时无处不可以随意低下头去喝水。即或任何东西没得吃，我们还是十分高兴，就为的是乡场中那一派空气，一阵声音，一分颜色，以及在每一处每一项生意人身上发出那一股臭味，就够使我们觉得满意！我们用各样官能吃了那么多东西，即使不再用口来吃喝也很够了。

到场上去我们还可以看各样水碾水碓，并各种形式的水车。我们必得经过好几个榨油坊，远远的就可以听到油坊中打油人唱歌的声音。一过油坊时便跑进去，看看那些堆积如山的桐子，经过些什么手续才能出油。我们只要稍稍绕一点路，还可以从一个造纸工作场过身，在那里可以看他们利用水力捣碎稻草同竹筱；用细篾帘子勺取纸浆作纸。我们又必需从一些造船的河滩上过身，有万千机会看到那些造船工匠在太阳下安置一只小船的龙骨，或把粗麻头同桐油石灰嵌进缝罅里补治旧船。

总而言之，这样玩一次，就只一次，也似乎比读半年书还有益处。若把一本好书同这种好地方尽我检选一种，直到如今我还觉得不必看这本用文字写成的小书，却应当去读那本用人事写成的大书。

我不明白我为什么就学会了赌骰子，大约还是因为每早上买菜，总可剩下三五个小钱，让我有机会傍近用骰子赌输赢的糕类摊上面，起始当三五个人蹲到那些戏楼下，把三粒骰子或四粒骰子或六粒骰子抓到手中，奋力向大土碗掷去，跟着它的变化喊出种种专门名词时，我真忘了自己也忘了一切。那富于变化的六骰子赌，七十二种“快”“臭”，一眼间我皆能很得体的喊出它的得失。谁也不能在我面前占去便宜，谁也骗不了我。自从精明这一项事情以后，我家里这一早上若派我出去买菜，我就把买菜的钱去作注，同一群小无赖在一个有天棚的米厂上玩骰子，赢了钱自然全部买东西吃，若不凑巧全输掉时，就跑回来悄悄的进门找寻外祖母，从她手中把买菜的钱得到。

但这是件冒险的事，家中知道后可得痛打一顿，因此赌虽然赌，总只下一个铜子的注，赢了拿钱走去。输了也不再来，把菜少买一些，总可敷衍下去。

由于赌术精明我不大担心我输赢。我倒最希望玩个半天结果无输无赢。我所担心的只是正玩得十分高兴，忽然后领一下子为一只强硬有力的手攫定，一个哑哑的声音在我耳边响着：

“这一下捉到你了，这一下捉到你了！”

先是一惊。想挣扎可不成。既然捉定了，不必回头，我就明白我被谁捉到，且不必猜想，我就知道我回家去应受些什么款待，于是提了菜篮让这个仿佛生下来给我作对的人把我揪回去。这样过街可真无脸面，因此不是请求他放和平点抓着我一只手，总是在他不着意的情形下，忽然挣脱先行跑回家去，准备他回来时受罚。

每次在这件事上我受的罚都似乎略略过分了些，总是把一条绣花的白腰带缚定两手，系在空谷仓里，用鞭子打几十下，上半天不许吃饭，或是整天不许吃饭。亲戚中看到觉得十分可怜，便以为哥哥不应当这样虐待弟弟。但这样不顾脸面的去同一些乞丐赌博，给了家中多少气怄，我是不知道的。

我从那方面学会了些下等野话，在亲戚中身份似乎也就低了些。只是当十五年后，我能够用我各方面的经验写点故事时，这些粗话野话，却给了我许多帮助，增加了故事中人物的生命。

革命后本地设了女学校，我两个姊姊皆被送过女学校读书。我那时也欢喜过女学校去玩，就因为那地方有些新奇的东西。学校外边一点，有个做小鞭炮的作坊，从起始用一根细钢条，卷上了纸，送到木机上一搓，吱的一声就成了空心的小管子，再如何经过些什么手续，便成了燃放时巴的一声的小爆仗，被我看得十分熟习。我借故去瞧姊姊时总在那里看他们工作。我还可看他们烘焙火药，碓舂木炭，筛硫磺，配合火药的原料，因此明白制烟火用的药同制爆仗用的药，硝磺的分配分量如何不同。

一到女学校时，我必跑到长廊下去，欣赏那些平时不易见到的织布机器。那些机器钢齿轮互相衔接，一动它时全部皆转动起来，且发出一种异样陌生的声音，听来我总十分欢喜。我平时是个怕鬼的人，但为了欣赏这些机器，黄昏中我还敢在这儿逗留，直到她们大声呼喊各处找寻时，我才从廊下跑出。

当我转入高小那年，正是民国六年[①]，我们那地方为了上年受蔡锷讨袁战事的刺激，感觉军队非改革不能自存，因此本地镇守署方面，设了一个军官团，前为道尹后改屯务处

---

① 民国六年：1917年。

方面，也设了一个将弁学校。另外还有一个教练兵士的学兵营，一个教导队。小小的城里多了四个军事学校，一切皆用较新方式训练，地方因此气象一新。由于常常可以见到这类青年学生结队成排在街上走过，本地的小孩，以及一些小商人，皆觉得学军事较有意思。有人与军官团一个教官作邻居的，要他在饭后课余教教小孩子，先在大街上操，到后却借了附近的军官团操场使用，顷刻之间便招集了一百人左右。

有同学在里面受过训练来的，精神比起别人来特别强悍，我们觉得奇怪。这同学就告我们一切，且问我愿不愿意去。并告我到里面后，每两月可以考选一次，配吃一分口粮，作守兵的，就可以补上名额当兵。在我生长那个地方，当兵不是耻辱。本地的光荣原本是从过去无数男子的勇敢搏来的。谁都希望当兵，因为这是年轻人一条出路，也正是年轻人唯一的出路。同学说及进技术班时，我就答应试来问问我的母亲，看看母亲的意见，这将军的后人，是不是仍然得从步卒出身。

那时节我哥哥已过热河找寻父亲去了，我因不受拘束，生活已日益放肆，母亲正想不出处置我的方法，因此一来，将军后人就决定去作兵役的候补者了。

往事

这事说来又是十多年了。

算来我是六岁。因为第二次我见到长子四叔时，他那条有趣的辫子就不见了。

那是夏天秋天之间。我仿佛还没有上过学。妈因怕我到外面同瑞龙他们玩时又打架，或是乱吃东西，每天都要靠到她身边坐着，除了吃晚饭后洗完澡同大哥各人拿五个小钱到道门口去买士元的凉粉外，剩下便都不准出去了！至于为甚又能吃凉粉？那大概是妈知道士元凉粉是玫瑰糖，不至吃后生病吧。本来那时的时疫也真凶，听瑞龙妈说，杨老六一家四口人，从十五得病，不到三天便都死了！

我们是在堂屋背后那小天井内席子上坐着的。妈为我从一个小黑洋铁箱子内取出一束一束方块儿字来念，她便膝头上搁着一个麻篮绩麻。衖子里跑来的风又凉又软，很易引人瞌睡，当我倒在席子上时，妈总每每停了她的工作，为我拿蒲扇来赶那些专爱停留在人脸上的饭蚊子。间或有个时候妈也会睡觉，必到大哥从学校挟着书包回来嚷肚子饿时才醒，那么，夜饭必定便又要晚一点了！

爹好像到乡下江家坪老屋去了好好久了，有天忽然要四叔来接我们。接的意思四叔也不大清楚，大概也就是闻到城里时疫的事情吧。妈也不说什么，她知道大姐二姐都在乡里，我自然有她们料理。只嘱咐了四叔不准大哥到乡下溪里去洗澡，因大哥前几天回来略晚，妈摩他小辫子还湿漉漉的，知他必是同几个同学到大河里洗过澡了，还刚重重的打了他一顿呢。四叔是一个长子，人又不大肥，但很精壮。妈常说这是会走路的人。铜仁到我凤凰是一百二十里蛮路，他能扛六十斤担子一早动身，不抹黑就到了，这怎么不算狠！他到了家时，便忙自去厨房烧水洗脚。那夜我们吃的夜饭菜是南瓜炒牛肉。

妈为捡菜劝他时，他又选出无辣子的牛肉放到我碗里。真是好四叔呵！

那时人真小，我同大哥还是各人坐在一只箩筐里为四叔担去的！大哥虽是大我五六岁，但在四叔肩上似乎并不什么不匀称。乡下隔城有四十多里，妈怕太阳把我们晒出病来，所以我们天刚一发白时就动身，到行有一半的唐峒山时，太阳还才红红的。到了山顶，四叔把我们抱出来各人放了一泡尿，我们便都坐在一株大刺栎树下歇憩。那树的杈椏上搁了无数小石头，树左边又有一个石头堆成的小屋子。四叔为我们解说小屋子是山神土地：为赶山打野猪的人设的；树上石头是寄倦的：凡是走长路的人，只要放一个石头到树上，便不倦了。但大哥问他为甚不也放一个石子时，他却不做声。

他那条辫子细而长正同他身子一样。本来是挽放头上后而再加上草帽的，不知是那辫子长了呢还是他太随意，总是动不动又掉下来，当我是在他背后那头时，辫子尖端便时时在我头上晃。

“芸儿，莫闹！扯着我不好走！”

我伸出手扯着他辫子只是捹[1]，他总是和和气气这样说。

“四满（注一），到了？”大哥很搔急的这么问。

“快了，快了，快了！芸弟都不急，你怎么这样慌？你看我跑！”他略略把脚步放快一点，大哥便又嚷摇的头痛了。

他一路笑大哥不济。

到时，爹正同姨婆五叔四婶他们在院中土坪上各坐在一条小凳上说话。姨婆有两年不见我了，抱了我亲了又亲。爹又问我们饿了不曾，其实我们到路上吃甜酒米豆腐已吃胀

---

① 捹（bèn）：方言。用力拉拽。

了。上灯时，方见大姐二姐大姑满姑（注二）各人手上提了一捆地萝卜进来。

我夜里便同大姐等到姨婆房里睡。

乡里有趣多了！既不什么很热，而夜里蚊子也很少。大姐到久一点，似乎各样事情都熟习。第二天一早便引我去羊栏边看睡着比猫还小的白羊，牛栏里正歪起颈项在吃奶的牛儿。我们又到竹园中去看竹子。那时觉得竹子实在是一种很奇怪的东西。本来城里竹子，通常大到屠桌边卖肉做钱筒的已算出奇了！但后园里那些南竹，大姐教我去试抱一下时，两手竟不能相掺。满姑又为偷偷的到园坎上摘了十多个桃子。接着我们便跑到大门外溪沟边上拾得一衣兜花蚌壳。

事事都感到新奇：譬如五叔喂的那十多只白鸭子，它会一翅从塘坎上飞过溪沟。夜里四叔他们到溪里去照鱼时，却不用什么网，单拿个火把，拿把镰刀。姨婆喂有七八只野鸡，能飞上屋，也能上树，却不飞去；并且，只要你拿一捧包谷米在手，口中略略一逗，它们便争先恐后的到你身边来了。什么事情都有味：我们白天便跑到附近村子里去玩，晚上总是同坐在院中听姨婆学打野猪打獾子的故事。姨婆真好，我们上床时，她还每每为从大油坛里取出炒米、栗子同脆酥酥的豆子给我们吃！

后园坎上那桃子已透熟了，满姑一天总为我们去偷几次。爹又不大出来，四叔五叔又从不说话，间或碰到姨婆见了时，也不过笑笑的说：

“小娥，你又忘记嚷肚子痛了！真不听讲——芸儿，莫听你满姑的话，吃多了要坏肚子！拿把我，不然晚上又吃不得鸡膊腿了！”

乡里去有场集的地方似乎并不很近，而小小村中除每五天逢一六赶场外通常都无肉卖。因此，我们几乎天天吃鸡，惟我一人年小，鸡的大腿便时时归我。

我们最爱看又怕看的是溪南头那坝上小碾房的磨石同自动的水车：碾房是五叔在料理。那圆圆的磨石，固定在一株木桩上只是转只是转，五叔像个卖灰的人，满身是糠皮，只是在旋转不息的磨石间拿扫把扫那跑出碾槽外的谷米，他似乎并不着一点忙，磨石走到他跟前时一跳又让过磨石了。我们为他着急又佩服他胆子大。水车也有味，是一些七长八短的竹篙子扎成的。它的用处就是在灌水到比溪身为高的田面。大的有些比屋子还大，小的也还有一床晒簟大小。它们接接连连竖立在大路近旁，为溪沟里急水冲着快快地转动，有些还咿哩咿哩发出怪难听的喊声，由车旁竹筒中运水倒到悬空的枧（注三）上去。它的怕人就是筒子里水间或溢出枧外时，那水便砰的倒到路上了，你稍不措意，衣服便打得透湿。我们远远的立着看行路人抱着头冲过去时那样子好笑。

满姑虽只大我四岁，但看惯了，她却敢在下面走来走去。大姐同大姑，则知道那个车子溢出后便是那一个接脚，不消说是不怕水淋了！只我同大哥二姐却无论如何不敢去尝试。

一：乡人呼叔叔为满满

二：满姑乃最小之姑母

三：笕木以引水之物

市集[1]

廉纤的毛毛细雨，在天气还没有大变以前欲雪未能的时节，还是霏霏微微落将下来。一个小小乡场，位置在又高又大陡斜的山脚下，前面濒着躲躲儿[2]的河，为着如烟如雾雨丝，织成的帘幕，一起把它蒙罩着了。

照例的三八市集[3]，还是照例的有好多好多乡下人，小田主，买鸡到城里去卖的小贩子，花幞头大耳环丰姿隽爽的苗姑娘，以及一些穿灰色号褂子口上说是来察场弹压讨人烦腻的副爷们，与穿高筒子老牛皮靴的团总，各从附近的

① 本篇发表于《燕大月刊》。后又先后刊载于1925年4月21日《京报·民众文艺》和1925年11月11日《晨报副刊》，分别以休芸芸和沈从文署名。《京报·民众文艺》刊发时，文后有《附告白》。《晨报副刊》刊载时，文后附有《志摩的欣赏》，本文据《京报·民众文艺》排印，将《志摩的欣赏》作为附录收入。

② 躲（lāng）躲儿：凤凰方言，小小的意思。

③ 三八市集：湘西赶集风俗。在约定俗成的乡场上，每五天为一集，相邻各地赶集日子错开。三八市集，即赶集的日子为每月初三、十三、二十三日和每月初八、十八、二十八日。

乡村来做买卖。他们她们半路上由草鞋底带了无数黄泥浆到集上来，又从场上大坪坝内带了不少的灰色浊泥归去。去去来来，人也数不清多少。但似乎也并无一个做傻事去试数过一次。

集上的骚动，吵吵闹闹，凡是到过南方（湖湘以西）乡下的人，是都会知道的。

倘若你是由远远的另一处地方听着，那种喧嚣的起伏，你会疑心到是滩水流动的声音了！

他们形成这种洪壮的潮声，还只是一般做生意人在讨论价钱时很和平的每个论调而起。就中虽也有遇到卖牛的场上几个人像唱戏黑花脸出台时那么大喊大嚷找经纪人，也有因秤上不公允你骂我一句娘，我又骂你一句娘，你又骂我一句娘……然而究竟还是因为人太多，一两桩事，实在是万万不能做到的！

卖猪的场上，他们把小猪崽的耳朵提起来给买主看时，那种尖锐的小猪崽嘶喊声，使人听来不愉快至于牙齿根也发酸。

卖羊的场上，许多美丽驯服的小羊儿咩咩的喊着。一些不大守规矩的大羊，无聊似的，把两个前蹄举起来，作势用前额“訇”的相碰。大概相碰是可以驱逐无聊的，所以第一次“訇”的碰后，却又作势立起来为第二次预备。

牛场却单独占据在场左边一个大坪坝，因为牛的生意在这里占了全部交易的四分一以上。那里四面搭起无数小茅棚（棚内卖酒卖面），为一些成交后的田主们喝茶喝酒的地方。那里有大锅大锅煮得“稀糊之烂”的牛脏类下酒物，有大锅大锅香喷喷的肥狗肉，有从总兵营一带担来卖的高粱烧酒，也还有城里馆子特意来卖面的。假若你是城里人来这里卖面，他们因为想吃香酱油的缘故，都会来你馆子，那么，你生意便比其他铺子要更热闹了。

到城里时，我们所见到的东西，不过小摊子上每样有点罢了！这里可就大不相同。单单是卖鸡蛋的地方，一排一排地摆列着，满箩满筐的装着，你数过去，总是几十担。辣子呢，都是一屋一屋搁着。此外干了的黄色草烟，用为染坊染布的五倍子和栎木皮，还未榨出油来的桐茶子，米场上白蒙蒙的米，屠桌上大只大只失了脑袋刮得净白的肥猪，大腿大腿红腻腻还在跳动的牛肉……都多得怕人。

不大宽的河下，满泊着载人载物的灰色黄色小艇，一排排挤挤挨挨的相互靠着，也难于数清。

集中是没有什么统系制度。虽然在先前开场时，总也有几个地方上的乡约伯伯、团总、守汛的把总老爷，口头立了一个规约，卖物的照着生意大小缴纳千分之几——或至万分之几，但也有百分之几——的场捐，或经纪佣钱、棚捐，不过，假若你这生意并不大，又不须经纪人，则不须受场上的拘束，可以自由贸易了。

到这天，做经纪的真不容易！脚底下笼着他那双厚底高筒的老牛皮靴子（米场的），为这个爬斗，为那个倒箩筐。（牛羊场的）一面为这个那个拉拢生意，身上让卖主拉一把，又让买主拉一把；一面又要顾全到别的地方因争持时闹出岔子的调排，委实不是好玩的事啊！大概他们声音都略略嚷得有点儿嘶哑，虽然时时为别人扯到馆子里去润喉。不过，他今天的收入，也就很可以酬他的劳苦了。

…………

因为阴雨，又因为做生意的人各都是在别一个村子里住家，有些还得在散场后走到二三十里路的别个乡村去；有些专靠漂场生意讨吃的还待赶到明天那个场上的生意，所以散场很早。

不到晚炊起时，场上大坪坝似乎又觉得宽大空阔起来了！……再过些时候，除了屠桌下几只大狗在啃嚼残余因分配不平均的原故在那里不顾命的奋斗外，便只有由河下送来的几声清脆篙声了。

归去的人们，也间或有骑着家中打篩的雌马，马项颈下挂着一串小铜铃叮叮当当跑着的，但这是少数；大多数还是赖着两只脚在泥浆里翻来翻去。他们总笑嘻嘻的担着箩筐或背一个大竹背笼，满装上青菜、萝卜、牛肺、牛肝、牛肉、盐、豆腐、猪肠子一类东西。手上提的小竹筒不消说是酒与油。有的拿草绳套着小猪小羊的颈项牵起忙跑；有的肩膊上挂了一个毛蓝布绣有白四季花或“福”字、“万”字的褡裢，赶着他新买的牛（褡裢内当然已空）；有的却是口袋满装着钱，心中满装着欢喜——这之间各样人都有。

我们还有机会可以见到许多令人妒羡，赞美，惊奇，又美丽，又娟媚，又天真的青年老妳（苗小姐）和妍（苗妇人）。

——故乡归梦之一——

三月二十日于窄而霉小斋

附告白：文中有许多叠句叠字处，看来已不大通，这乃是保全乡土趣味原故，只得如次。若是但失之鄙俚，那么，大概还会有个把读者感到趣味吧!

因为是写自己的梦，所以，即或无一个人感到趣味，那也没有什么要紧。左右我自己的梦过了。

还有，这个稿子曾寄到一处日报上去过，许多日子没有见登出，也没有退还，大概是擦灯罩子了；我因为眷恋故乡的梦不怕重做，是以又写出来。

[附录]

志摩的欣赏

这是多美丽多生动的一幅乡村画。

作者的笔真像是梦里的一只小艇，在波纹瘦鳒鳒的梦河里荡着，处处有着落，却又处处不留痕迹。这般作品不是写成的，是“想成”的。给这类的作者，批评是多余的，因为他自己的想象就是最不放松的不出声的批评者。奖励也是多余的，因为春草的发青，云雀的放歌，都是用不着人们的奖励的。

关于《市集》的声明[1]

志摩先生：

看到报，事真糟，想法声明一下吧。近来正有一般小捣鬼遇事寻罅缝，说不定因此又要生出一番新的风浪。那一篇《市集》先送到《晨报》，用“休芸芸”名字，久不见登载，以为不见了。接着因《燕大周刊》有个熟人拿去登过；后又为一个朋友不候我的许可又转载到《民众文艺》上——在此又见，是三次了。小东西出现到三次，不是丑事总也成了可笑的事！

这似乎又全是我过失。因为前次你拿我那一册稿子问我时，我曾说统未登载过，忘了这篇。这篇既已曾登载过，为甚我又连同那另外四篇送到晨报社去？那还有个原由：因我那个时候正同此时一样，生活悬挂在半空中，伙计对于欠账逼得不放松，故写了三四篇东西并录下这一篇短东西做一个册子，送与勉己先生，记到附函曾有下面的话——

“……若得到二十块钱开销一下公寓，这东西就卖了。《市集》一篇，曾登载过……”

---

① 本篇发表于1925年11月16日《晨报副刊》，文后附有徐志摩的答辞，现作为附录收入。

至于我附这短篇上去的意思，原是想把总来换二十块钱，让晨报社印一个小册子。当时也曾声明过。到后一个大不得，而勉己先生尽我写信问他请他退这一本稿子又不理，我以为必是早失落了，失落就失落了，我那来追问同编辑先生告状打官司的气力呢？所以不问。

不期望稿子还没有因包花生米而流传到人间。不但不失，且更得了新编辑的赏识，填到篇末，还加了几句受来背膊发麻的按语，纵无好揽闲事的虫豸们来发见这足以使他自己为细心而自豪的事，但我自己看来，已够可笑了。且前者署“休芸芸”，而今却变成“沈从文”，我也得声明一下：实在果能因此给了虫豸们一点钻蛀的空处，就让他永久是两个不同的人名吧。

从文

于新窄而霉斋

[附录]

徐志摩的答辞[①]

从文，不碍事，算是我们副刊转载的，也就罢了。有一位署名“小兵”的劝我下回没有相当稿子时，就不妨拿空白纸给读者们做别的用途，省得搀上烂东西叫人家看了眼疼心烦。

我想另一个办法是复载值得读者们再读三读乃至四读五读的作品，我想这也应得比乱登的办法强些。下回再要没有好稿子，我想我要开始印《红楼梦》了！好在版权是不成问题的。

志摩

① 据《晨报副刊》编入。“［附录］徐志摩的答辞”字样为编者所加。

箱子岩[①]

十四年以前，我有机会独坐一只小篷船，沿辰河上行，停船在箱子岩脚下。一列青黛崭削的石壁，夹江高矗，被夕阳烘炙成为一个五彩屏障。石壁半腰中，有古代巢居者的遗迹，石罅间悬撑起无数横梁，暗红色大木柜尚依然好好的搁在木梁上。岩壁断折缺口处，看得见人家茅棚同水码头，上岸喝酒下船过渡人皆得从这缺口通过。那一天正是五月十五，河中人过大端阳节[②]。箱子岩洞窟中最美丽的三只龙船，皆被乡下人拖出浮在水面上。船只狭而长，船舷描绘有朱红线条，全船坐满了青年桡手，头腰各缠红布，鼓声起处，船便如一枝没羽箭，在平静无波的长潭中来去如飞。河身大约一里路宽，两岸皆有人看船，大声呐喊助兴。且有好事者，从后山爬到悬岩顶上去，把百子鞭炮从高岩上抛下，

① 本篇曾以《湘行散记——箱子岩》为篇名，发表于1935年4月《水星》2卷1期，署名沈从文。

② 大端阳节：农历五月十五日。

尽鞭炮在半空中爆裂，嘭嘭嘭嘭的鞭炮声与水面船中锣鼓声相应和，引起人对于历史发生了一点幻想，一点感慨。

当时我心想：多古怪的一切！两千年前那个楚国逐臣屈原，若本身不被放逐，疯疯癫癫来到这种充满了奇异光彩的地方，目击身经这些惊心动魄的景物，两千年来的读书人，或许就没有福分读《九歌》那类文章，中国文学史也就不会如现在的样子了。在这一段长长岁月中，世界上多少民族皆堕落了，衰老了，灭亡了。然而这地方的一切，虽在历史中也照样发生不断的杀戮，争夺，以及一到改朝换代时，派人民担负种种不幸命运，死的因此死去，活的被逼迫留发、剪发，在生活上受新朝代种种限制与支配。然而细细一想，这些人根本上又似乎与历史毫无关系。从他们应付生存的方法与排泄感情的娱乐上看来，竟好像古今相同，不分彼此。这时节我所眼见的光景，或许就与两千年前屈原所见的完全一样。

那次我的小船停泊在箱子岩石壁下，附近还有十来只小渔船，大致打鱼人也有弄龙船竞渡的，所以渔船上妇女小孩们，精神皆十分兴奋，各站在尾梢上锐声呼喊。其中有几个小孩子，我只担心他们太快乐了些，会把住家的小船跳沉。

日头落尽云影无光时，两岸渐渐消失在温柔暮色里，两岸看船人呼喝声越来越少，河面被一片紫雾笼罩，除了从锣鼓声中尚能辨别那些龙船方向，此外已别无所见。然而岩壁缺口处却人声嘈杂，且闻有小孩子哭声，有妇女们尖锐叫唤声，综合给人一种悠然不尽的感觉。天气已经夜了，吃饭是正经事。我原先尚以为再等一会儿，那龙船一定就会傍近岩边来休息，被人拖进石窟里，在快乐呼喊中结束这个节日了。谁知过了许久，那种锣鼓声尚在河面飘着，表示一班人还不愿意离开小船，回转家中。待到我把晚饭吃过后，爬出舱外一望，呀，天上好一轮圆月。月光下石壁同河面，一切皆镀了银，已完全变换了一种调子。岩壁缺口处水码头边，正有人用废竹缆或油柴燃着火燎，火光下只见许多穿白衣人的影子移动。问问船上水手，方知道那些人正把酒食搬移上船，预备分派给龙船上人。原来这些青年人白日里划了一整天船，看船的皆散尽了，划船的还不尽兴，并且谁也不愿意扫兴示弱，先行上岸，因此三只长船还得在月光下玩个上半夜。

提起这件事，使我重新感到人类文字语言的贫俭。那一派声音，那一种情调，真不是用文字语言可以形容的事情。向一个身在城市住下，以读读《楚辞》就神往意移的人，来描绘那月下竞舟的一切，更近于徒然的努力。我可以说的，只是自从我把这次水上所领略的印象保留到心上后，一切书本上的动人记载，皆看得平平常常，不至于发生惊讶了。这正像我另外一时，看过人类许多花样的杀戮，对于其余书上叙述到这件事，同样不能再给我如何感动。

十四年后我又有了机会乘坐小船沿辰河上行，应当经过箱子岩。我想温习温习那地方给我的印象，就要管船的不问迟早，把小船在箱子岩停泊。这一天是十二月七号，快要过年的光景，没有太阳的酿雪天，气候异常寒冷。停船时还只下午三点钟左右，岩壁上藤萝草木叶子多已萎落，显得那一带岩壁十分瘦削。悬岩高处红木柜，只剩下三四具，其余早不知到那儿去了。小船最先泊在岩壁下洞窟边，冬天水落得太多，洞口已离水面两丈以上，我从石壁裂罅爬上洞口，到搁龙船处看了一下，旧船已不知坏了还是被水冲去了，只见有四只新船搁在石梁上，船头还贴有鸡血同鸡毛，一望就明白是今年方下水的。出得洞口时，见岩下左边泊定五只渔船，有几个老渔婆缩颈敛手在船头寒风中修补渔网。上船后觉得这样子太冷落了，可不是个办法。就又要船上水手为我把小船撑到岩壁断折处有人家地方去，就便上岸，看看乡下人过年以前是什么光景。

四点钟左右，黄昏已腐蚀了山峦与树石轮廓，占领了屋角隅，我独自坐在一家小饭铺柴火边烤火。我默默的望着那个火光煜煜的树根，在我脚边很快乐的燃着，爆炸出轻微的声音。铺子里人来来往往，有些说两句话又走了，有些就来镶在我身边长凳上，坐下吸他的旱烟。有些来烘脚，把穿着湿草鞋的脚去热灰里乱搅。看看每一个人的脸子，我都发生一种奇异。这里是一群会寻快乐的乡下人，有捕鱼的，打猎的，有船上水手与编制竹缆工人。若我的估计不错，那个坐在我身旁，伸出两只手向火，中指节有个放光顶针的，一定还是一位乡村成衣人。这些人每到大端阳时节，皆得下河去玩一整天的龙船。平常日子却在这个地方，按照一种分定，很简单的把日子过下去。每日看过往船只摇橹扬帆来去，看落日同水鸟。虽然也有人事上的得失，到恩怨纠纷成一团时，就陆续发生庆贺或仇杀。然而从整个说来，这些人生活却仿佛同“自然”已相融合，很从容的各在那里尽其性命之理，与其他无生命物质一样，惟在日月升降寒暑交替中放射，分解。而且在这种过程中，人是如何渺小的东西，这些人比起世界上任何哲人，也似乎还更知道的多一些。

听他们谈了许久，我心中有点忧郁起来了。这些不辜负自然的人，与自然妥协，对历史毫无担负，活在这无人知道的地方。另外尚有一批人，与自然毫不妥协，想出种种方法来支配自然，违反自然的习惯，同样也那么尽寒暑交替，看日月升降。然而后者却在改变历史，创造历史。一分新的日月，行将消灭旧的一切。我们用什么方法，就可以使这些人心中感觉一种“惶恐”，且放弃过去对自然和平的态度，重新来一股劲儿，用划龙船的精神活下去？这些人在娱乐上的狂热，就证明这种狂热使他们还配在世界上占据一片土地，活得更愉快更长久一些。不过有什么方法，可以改造这些人狂热到一件新的竞争方面去？

一个跛脚青年人，手中提了一个老虎牌桅灯，灯罩光光的，洒着摇着从外面走进屋子。许多人皆同声叫唤起来：“什长，你发财回来了！好个灯！”

那跛子年纪虽很轻，脸上却刻划了一种油气与骄气，在乡下人中仿佛身分特高一层。把灯搁在木桌上，坐近火边来，拉开两腿摊出两只手烘火，满不高兴的说：“碰鬼，运气坏，什么都完了。”

“船上老八说你发了财，瞒我们！”

“发了财，哼。瞒你们？本钱去七角，桃源行市一块零，有什么捞头，我问你。”

这个人接着且连骂带唱的说起桃源后江的情形，使得一般人皆活泼兴奋起来，话说得正有兴味时，一个人来找他，说猪蹄膀已炖好，酒已热好，他搓搓手，说声有偏各位，提起那个新桅灯就走了。

原来这个青年汉子，是个打鱼人的独生子，三年前被省城里募兵委员招去，训练了三个月，就开到江西边境去打仗。打了半年仗，一班弟兄中只剩下他一个人好好的活着，奉令调回后防招新军补充时，他因此升了班长。第二次又训练三个月，再开到前线去打仗。于是碎了一只腿，抬回军医院诊治，照规矩这只腿用锯子锯去。一群同志皆以为从辰州地方出来的人，“辰州符”比截割高明得多了，就把他从医院中抢出，在外边用老办法找人敷水药治疗。说也古怪，那只腿居然不必截割全好了。战争是个什么东西他已明白了。取得了本营证明，领得了些伤兵抚恤费后，于是回到家乡来，用什长名义受同乡恭维，又用伤兵名义作点生意。这生意也就正是有人可以赚钱，有人可以犯法，政府也设局收税，也制定法律禁止，那种从各方面说来皆似乎极有出息的生意。我想弄明白那什长的年龄，从那个当地唯一成衣人口中，方知道这什长今年还只二十一岁。那成衣人尚说：

“这小子看事有眼睛，做事有魄力，蹶了一只脚，还会发财走好运。若两只腿弄坏，那就更好了。”

有个水手插口说：“这是什么话。”

“什么画，壁上挂。穷人打光棍，两只腿全打坏了，他就不会赚了钱，再到桃源县后江玩花姑娘！”

成衣人末后一句话把大家都弄笑了。

回船时，我一个人坐在灌满冷气的小小船舱中，计算那什长年龄，二十一岁减十四，得到个数目是七。我记起十四年前那个夜里一切光景，那落日返照，那狭长而描绘朱红线条的船只，那锣鼓与呼喊……尤其是临近几只小渔船上欢乐跳掷的小孩子，其中一定就有一个今晚我所见到的跛脚什长。唉，历史。生硬性拥疽的人，照旧式治疗方法，可用一点点毒药敷上，尽它溃烂，到溃烂净尽时，再用药物使新的肌肉生长，人也就恢复健康了。这跛脚什长，我对他的印象虽异常恶劣，想起他就是个可以溃烂这乡村居民灵魂的人物，不由人不……

二十年前澧州[①]地方一个部队的马夫，姓贺名龙，一菜刀切下了一个兵士的头颅，二十年后就得惊动三省集中十万军队来解决这马夫。谁个人会注意这小小节目，谁个人想象得到人类历史是用什么写成的！

① 澧州：今澧县，清时为直隶州。

街[1]

有个小小的城镇，有一条寂寞的长街。

那里住下许多人家，却没有一个成年的男子。因为那里出了一个土匪，所有男子便都被人带到一个很远很远的地方去，永远不再回来了。他们是五个十个用绳子编成一连，背后一个人用白木梃子敲打他们的腿，赶到别处去作军队上的搬运军火的伕子的。他们为了“国家”，应当忘了“妻子”。

大清早，各个人家从梦里醒转来了，各个人家开了门，各个人家的门里，皆飞出一群鸡，跑出一些小猪，随后男女小孩子出来站到门限上洒尿，或蹲到门前洒尿，随后便是一个妇人，提了小小的木桶，到街市尽头去提水。有狗的人家，狗皆跟到主人身前身后摇着尾巴，也时时刻刻照规矩在人家墙基上翘起一只腿洒尿，又赶忙追到主人前面去。这长街早上并不寂寞。

① 本篇发表于1931年7月15日《文艺月刊》2卷7号，署名沈从文。据《文艺月刊》编入。

当白日照到这长街时，这一条街静静的像在作午睡，什么地方柳树桐树上有新蝉单纯而又倦人的声音，许多小小的屋子里，湿而发霉的土地上，头发干枯脸儿瘦弱的孩子们，蹲到土地上或伏在母亲身边睡着了。作母亲的全按照一个地方的风气，当街坐下，织男子们束腰用的板带过日子。用小小的木制手机，固定在屋角一柱上，伸出憔悴的手来，便捷的把手中兽骨线板压着手机的一端，退着粗粗的棉线，一面用一个棕叶刷子为孩子们拂着蚊蚋。带子成了，便用剪子修理那些边沿，等候每五天来一次的行贩，照行贩所定的价钱，把已成的带子收去。

许多人家门对着门，白日里，日头的影子正正的照到街心不动时，街上半天还无一个人过身。每一个低低屋檐下人家里的妇人，各低下头来赶着自己的工作，做倦了，抬起头儿来，用疲倦的忧愁的眼睛，张望到对街一个铺子，或见到一条悬挂到檐下的带样，换了新的一条，便仿佛奇异的神气，轻轻的叹着气，用兽骨板击打自己的下颔，因为她一定想起一些事情，记忆到由另一个大城里来的收货人的买卖了。她一定还得想到另外一些事情。

有时这些妇人各把工作停顿下来，遥遥的谈着一切，最小的孩子已饿哭了，就拉开前幅的衣襟，抓出枯瘪的乳头，塞到那些小小口里去。她们谈着手边的工作，谈着带子价钱同棉纱价钱，谈到麦子和盐，谈到鸡的发瘟、猪的发瘟。

街上也常常有穿了朱红绸子大裤过身的女人，脸上抹胭脂擦粉，小小的髻子，光光的头发，都说明这是一个新娘子。到这时，小孩子便大声喊着看新娘子，大家完全把工作放下，站到门前望着，望到不见这新娘子的背影时始重重的换了一次呼吸，回到自己工作凳上去。

街上有时有一只狗追一只鸡，便可见到一个妇人持了长长的竹子打狗的事情，使所有小孩子们皆觉得好笑。长街在日里也仍然不寂寞。

街上有时什么人来信了。许多妇人皆争到跑出去，看看是什么人从什么地方寄来的。她们将听那认字的人，念及信内说到的一切，小孩子同狗，也常常凑着热闹，追随到那个人家里去，那个人家便不同了。但信中有时却说到一个人死了的这类事，于是主人便哭了。于是一切不相干的人，围聚在门前，过一会，又即刻走散了。这妇人，伏在堂屋里哭泣，另外一些妇人便代为照料到孩子，买豆腐，买酒，买纸钱，于是不久大家都知道那家男子已死掉了。

街上到黄昏时节，常常有妇人手中拿了小小簸箩，放了一些米、一个蛋，低低的喊出一个人的名字，慢慢地从街的一端走到另一端去。这为小孩子夜哭发热，使他在家中安静的一种方法。这方法，同时也就娱乐到一切坐到门边的小孩子。长街上这时节也不寂寞的。

黄昏里，街上各处飞着小小的蝙蝠，望到天上的云，同归巢还家的老鸹，背了小孩子到门前站定的女人们，一面摇动背上的孩子，一面总轻轻的唱着忧郁凄凉的歌，娱悦到心上的寂寞。

“爸爸晚上回来了，回来了，因为老鸹一到晚上也回来了！”

远处山上全紫了，土城擂鼓起更了，低低的屋里，有小小油灯的光，为画出屋中一切轮廓，听到筷子的声音，听到碗盏相磕的声音……但忽然间小孩子又哇的哭了。

爸爸没有回来，有些爸爸早已不存在到这世界上了，但并没有信来。有些在临死时还忘不了家中的一切，便托了便人带了信回来，得到这个信息哭了一整天的妇人，到晚上，便把纸钱放在门前焚烧，红红的火光照到街上下人家的屋檐，照到各个人家的大门。见到这火光的孩子们，也照例十分欢喜。长街这时节也并不寂寞的。

阴雨天的夜里，天上漆黑，街头无一个街灯，狼在土城外山嘴上嗥着，用鼻子贴近地面，如一个人的哭泣。地面仿佛浮动在这奇怪声音里。什么人家的孩子，在梦里醒来，吓哭了，母亲便说：“莫哭，狼来了，谁哭谁就尽狼吃掉。”

卧在土城上高处木棚里一个老而残废的人，打着梆子。

这里的人不须明白一个夜里有多少更次，且不必明白半夜里醒来是什么时候。那梆子声音，只是告给长街上人家，狼已爬进土城到了长街，要他们小心一点门户。

一到了阴雨的夜里，这长街更不寂寞，因为狼的争斗，使全街热闹了许多。冬天若半夜里落了雪，则早早的起身的人，开了门，便可看到狼的脚迹，同糍粑一样印在雪。

五月十日

忽如远行客

辰州（即沅陵）

离开了家中的亲人，向什么地方去，到那地方去又做些什么，将来便有些什么希望，我一点儿也不知道。我还只是十四岁稍多点一个孩子，这分年龄似乎还不许可我注意到与家中人分离的痛苦。我又那么欢喜看一切新奇东西，听一切新奇声响，且那么渴慕自由，所以初初离开本乡时，深觉得无量快乐。

可是一上路却有点忧愁了。同时上路的约三百人，我没有一个熟人。我身体既那么小，背上的包袱却似乎比本身还大。到处是陌生面孔，我不知道日里同谁吃饭，且不知道晚上同谁睡觉。听说当天得走六十里路，才可到有大河通船舶的地方，再坐船向下行。这么一段长路照我过去经验说来，还不知道是不是走得到。家中人担心我会受寒，在包袱中放了过多的衣服，想不到我还没享受这些衣服的好处以前，先就被这些衣服累坏了。

尤其使我吓怕的，便是那些坐在轿子里的几个女孩子和骑在白马上几个长官，这些人我全认得他们，他们已仿佛不再认识我。由于身分的自觉，当无意中他们轿马同我走近时，我实在又害怕又羞怯。为了逃避这些人的注意，我就同几个差弁模样的年轻人，跟在一伙脚夫后面走去。后来一个脚夫看我背上包袱太大了一点，人可太小了一点，便许可我把包袱搭到他较轻的一头去。我同时又与一个中年差遣谈了话，原来这人是我叔叔一个同学。既有了熟人，又双手洒脱的走空路，毫不疲倦的，黄昏以前我们便到了一个名叫高村的大江边了。

一排篷船泊定在水边，大约有二十余只，其中一只较大的还悬了一面红绸帅字旗。各个船头上全是兵士，各人皆在寻觅着指定的一船。那差遣已同我离开了，我便一个人背了那个大包袱，怯怯的站到岸上，随后向一只船旁冲去，轻轻的问："有地方吗？大爷。"那些人总说："满了，你自己看，全满了！你是第几队的？"我自己就不知道自己应分在第几队，也不知道去问谁，有些没有兵士的船看来仿佛较空的，他们要我过去问问，又总因为船头上站得有穿长衣的师爷参谋，他们的神气我实害怕，不敢冒险过去问问。

天气看看渐渐的夜了下来，有些人已经在船头烧火煮饭，有些人已蹲着吃饭，我却坐在岸边大石上，发呆发愁，想不出什么办法。那时阔阔的江面，已布满了薄雾，有野鹜鸂鶒[1]之类接翅在水面向对河飞去，天边剩余一抹深紫。见到这些新奇光景，小小心中来了一分无言的哀戚，自己便微笑着，揉着为长途折磨坏了的两只脚。

一会儿又看见个差遣，差遣也看到我了。

“啊，你这个人，怎么不上船呀？”

“船上全满了，没有地方可上去的。”

“船上全满了，你说！你那么拳头大的小孩子，放大方点，什么地方不可以肏进去。来，来，我的老弟，这里有的是空地方！”

我见了熟人高兴极了。听他一说我就跟了他到那只船上去，原来这还是一只空船！不过这船舱里舱板也没有，上面铺的只是一些稀稀的竹格子，船摇动时就听到舱底积水汤汤的流，到夜里怎么睡觉？正想同那差遣说我们再去找找看，是不是别的地方当真还可照他用的那个粗俚字眼肏进去，一群留在后边一点本军担荷篷帐的伕子赶来了，我们担心一走开，回头再找寻这样一个船舱也不容易，因此就同这些伕子挤得紧紧的住下来。到吃饭时有人各船上来喊叫，因为取饭的原因，我却碰到了一个军械处的熟人，我于是换了一个船，到军械船上住下，一会儿便异常舒服的睡熟了。

---

① 野鹜（wù）鸂（xī）鶒（chì）：野鹜，野鸭。鸂鶒，同鸂鶆，水鸟名，俗称紫鸳鸯。

船上所见无一事不使我觉得新奇，二十四只大船有时衔尾下滩，有时疏散散浮到那平潭里，两岸时时刻刻在一种变化中，把小小的村落，广大的竹林，黑色的悬崖，一一收入眼底。预备吃饭时，长潭中各把船只任意溜去，那分从容那分愉快处，实在感动了我。摇橹时满江浮荡着歌声。我就看这些，听这些，把家中人暂时完全忘掉了。四天以后，我们的船编成一长排，停泊在辰州城下的河岸边。

又过了两天，我们已驻扎在总爷巷一个旧衙门里，一分新的日子便开始了。

墙壁各处是膏药，地下各处是瓦片同乱草；草中留下成堆黑色的粪便，这就是我第一次进衙门的印象。于是轮到了我们来着手扫除了。做这件事的共计二十人，我便是其中一个。大家各在一种异常快乐情形下，手脚并用整整工作了一个日子，居然全部弄清爽了。庶务处又送来了草荐同木板，因此在地面垫上了砖头，把木板平铺上去，摊开了新作的草荐，一百个人便一同躺到这草荐上，把第一个夜晚打发走了。

到地后，各人应当有各人的事，作补充兵的，只需要大清早起来操跑步，操完跑步就单人教练，把手肘向后抱着，独自在一块地面上，把两只脚依口令起落，学慢步走。下午无事可作，便躺在草荐上唱“大将南征”的军歌。每个人皆结实单纯，年纪大的约二十二岁，年纪小的只十三岁，睡硬板子的床，吃粗粝陈久的米饭，却在一种沉默中活着下来。我从本城技术班学来那分军事知识，很有好处，使我为日不多就做了班长。

直到现在我还不明白为什么当时有些兵士不能随便外出，有些人又可自由出入。照我想来则大约系城里人可以外出，乡下人可以外出却不敢外出。

我记得我的出门是不受任何限制的，但每早上操过跑步时，总得听苗人吴姓连长演说："我们军人，原是卫国保民。初到这来客军极多，一切要顾脸面。外出时节制服应当整齐，扣子扣齐，腰带弄紧，裹腿缠好。胡来乱为的，要打屁股。"说到这里时，于是复大声说："听到了么？"大家便说："听到了。"既然答应全已听到，就散开了。当时因犯事被按在石地上打板子的，就只有营中火夫，兵士却因为从小地方开来，十分怕事，谁也不敢犯罪，不作兴挨打。

我很满意那个街上，一上街触目皆十分新奇。我最欢喜的是河街，那里使人惊心动魄的是有无数小铺子，卖船缆，硬木琢成的活车，小鱼篓，小刀，火镰，烟嘴。满地皆是有趣味的物件。我每次总去蹲到那里看一个半天，同个绅士守在古董旁边一样恋恋不舍。

城门洞里有一个卖汤圆的，常常有兵士坐在那卖汤圆人的长凳上，把热热的汤圆向嘴上送去，间或有一个本营里官佐过身，得照规矩行礼时，便一面赶忙放下那个土花碗，把手举起，站起身来含含胡胡的喊“敬礼”。那军官见到这种情形，有时也总忍不住微笑。这件事碰头最多的还是我，我每天总得在那里吃一回汤圆，或坐下来看过往行路人！

我又常常同那团长看马的张姓马夫，牵马到朝阳门外大坪里去放马，把长长的缰绳另一端那个檀木钉，钉固在草坪上，尽马各处走去，我们就躺到草地上晒太阳，说说各人所见过的大蛇大鱼。又或走近教会中学的城边去，爬上城墙，看看那些中学生打球。又或过有树林处去，各自选定一株光皮梧桐，用草揉软作成一个圈套，挂在脚上，各人爬到高处桠枝上坐坐，故意把树摇荡一阵。

营里有三个小号兵同我十分熟习，每天他们必到城墙上去吹号，过城外河坝去吹号，我便跟他们去玩。有时我们还爬到各处墙头上去吹号，我不吹号却能打鼓。

我们的功课固定不变的，就只是每天早上的跑步。跑步的用处是在追人还是在逃亡，谁也不很分明。照例起床号吹过不久就吹点名号，一点完名跟着下操坪，到操场里就只是跑步。完事后，大家一窝蜂子向厨房跑去，那时节豆芽菜一定已在大锅中沸了许久，大甑笼里的糙米饭也快好了。

我们每天吃的总是豆芽菜汤同糙米饭，每到礼拜天那天，每人就吃一次肉，各人名下有一块肥猪肉，分量四两，是从豆芽汤中煮熟后再捞出的。

到后我们把枪领来了。

除了跑步无事可作，大家就只好在太阳下擦枪，用一根细绳子缚上一些布条，从枪膛穿过，绳子两端各缚定在廊柱上，于是把枪一往一来的拖动。那时候的枪名有下列数种，单响，九子，五子；单响分广式、猪槽两种，五响分小口紧、双筒、单筒、拉筒、盖板五种。也有说“日本春田”“德国盖板”的，但不通俗。兵士只知道这种名称。填写枪械表时也照这样写上。

我们既编入支队司令的卫队，除了司令官有时出门拜客，选派二十三十护卫外，无其他服务机会。某一次保护这生有连鬓胡子的司令官过某处祝寿，我得过五毛钱的奖赏，算是我最先一次得到国家的钱。

那时节辰州地方组织了一个湘西政府。驻扎了三个部队，军人首脑其一为军政长凤凰人田应诏，其一为民政长芷江人张学济，另外一个却是黔军旅长后来回黔作了省长的卢焘，与之对抗的是驻兵常德身充旅长的冯玉祥。这一边军队既不向下取攻势，那一边也不敢向上取攻势，各人就只保持原有地盘，等待其他机会。

单是湘西一隅，除客军一混成旅外，集中约十万人。我们部队是游击第一支队，属于靖国联军第二军，归张学济管辖。全辰州地方约五千家户口，各部分兵士大致就有两万。当时军队虽十分庞杂，各军联合组织得有宪兵稽察处，故还不至于互相战争。不过当时发行钞票过多，每天兑现时必有小孩同妇人被践踏死去。每天给领军米，各地方部队为争夺先后，互相殴打伤人，在那时也极平常。

一次军事会议的结果，上游各县重新作了一度分配，划定若干防区，军队除必需一部分沿河驻扎防卫下游侵袭外，其余照指定各县城驻防清乡。由于特殊原因，第一支队派定了开过那总司令官的家乡芷江去剿匪。

常德的船

常德就是武陵，陶潜的《搜神后记》[1]上《桃花源记》说的渔人老家，应当摆在这个地方。德山在对河下游，离城市二十余里，可说是当地唯一的山。汽车也许停德山站，也许停县城对河另一站。汽车不必过河，车上人却不妨过河，看看这个城市的一切。地理书上告给人说这里是湘西一个大码头，是交换出口货与入口货的地方。桐油、木料、牛皮、猪肠子和猪鬃毛，烟草和水银，五倍子和鸦片烟，由川东、黔东、湘西各地用各色各样的船只装载到来，这些东西是全得由这里转口，再运往长沙、武汉的。子盐、花纱、布匹、洋货、煤油、药品、面粉、白糖，以及各种轻工业日用消耗品和必需品，又由下江轮驳运到，也得从这里改装，再用那些大小不一的船只，分别运往沅水各支流上游大小码头去卸

① 《搜神后记》：志怪小说集，十卷。《隋书·经籍志》著录为陶潜撰。唯今所传《搜神后记》有潜死后事，故有人以为乃后人增益，或谓此书系伪托。

货的。市上多的是各种庄号。各种庄号上的坐庄人，便在这种情形下成天如一个磨盘，一种机械，为职务来回忙。邮政局的包裹处，这种人进出最多。长途电话的营业处，这种坐庄人是最大主顾。酒席馆和妓女的生意，靠这种坐庄人来维持。

除了这种繁荣市面的商人，此外便是一些寄生于湖田的小地主，作过知县的小绅士，各县来的男女中学生，以及外省来的参加这个市面繁荣的掌柜、伙计、乌龟、王八。全市人口过十万，街道延长近十里，一个过路人到了这个城市中时，便会明白这个湘西的咽喉，真如所传闻，地方并不小。可是却想不到这咽喉除吐纳货物和原料以外，还有些什么东西。作这种吐纳工作，责任大，工作忙，性质杂，又是些什么人。假若一旦没有了他们，这城市会不会忽然成为河边一个废墟？这种人照例触目可见，水上城里无一不可碰头，却又最容易为旅行者所疏忽。我想说的是真正在控制这个咽喉，支配沅水流域的几万船户。

这个码头真正值得注意令人惊奇处，实也无过于船户和他所操纵的水上工具了。要认识湘西，不能不对他们先有一种认识。要欣赏湘西地方民族特殊性，船户是最有价值材料之一种。

一个旅行者理想中的武陵，渔船应当极多。到了这里一看，才知道水面各处是船只，可是却很不容易发现一只渔船。长河两岸浮泊的大小船只，外行人一眼看去，只觉得大同小异，事实上形制复杂不一，各有个性，代表了各个地方的个性。让我们从这方面来多知道一点点，对于我们也许有些便利处。

船只最触目的三桅大方头船，这是个外来客，由长江越湖来的，运盐是它主要的职务。它大多数只到此为止，不会向沅水上游走去。普通人叫它做“盐船”，名实相符。船家叫它做“大鳅鱼头”，《金陀粹编》[①]上载岳飞在洞庭湖水擒杨幺故事，这名字就见于记载了，名字虽俗，来源却很古。这种船只大多数是用乌油漆过，所以颜色多是黑的。这种船按季候行驶，因为要大水大风方能行动。杜甫诗上描绘的“洋洋万斛船，影若扬白虹”，也许指的就是这种水上东西。

比这种盐船略小，有两桅或单桅，船身异常秀气，头尾突然收敛，令人入目起尖锐印象，全身是黑的，名叫“乌江子”。它的特长是不怕风浪，运粮食越湖。它是洞庭湖上的竞走选手。形体结构上的特点是桅高，帆大，深舱，锐头。盖舱篷比船身小，因为船舷外还有护舱板。弄船人同船

① 《金陀粹编》：一部关于岳飞传记资料的汇编，编者为南宋人岳珂。

只本身一样，一看很干净，秀气斯文。行船既靠风，上下行都使帆，所以帆多整齐。船上用的水手不多，仅有的水手会拉篷、摇橹、撑篙，不会荡桨——这种船上便不常用桨。放空船时妇女还可代劳掌舵。这种船间或也沿河上溯，数目极少，船身材料薄，似不宜于冒险。这种船在沅水流域也算是外来客。

在沅水流域行驶，表现得富丽堂皇、气象不凡，可称为巨无霸的船只，应当数“洪江油船”。这种船多方头高尾，颜色鲜明，间或且有一点儿金漆装饰。尾梢有舵楼，可以安置家眷。大船下行可载三四千桶桐油，上行可载两千件棉花，或一票食盐。用橹手二十六人到四十人，用纤手三十人到六七十人。必待春水发后方上下行驶，路线系往返常德和洪江。每年水大至多上下三五回，其余大多时节都在休息中，成排结队停泊河面，俨然是河上的主人。船主照例是麻阳人，且照例姓滕，善交际，礼数清楚。常与大商号中人拜把子，攀亲家。行船时站在船后檀木舵把边，庄严中带点从容不迫的神气，口中含了个竹马鞭短烟管，一面看水，一面吸烟。遇有身分的客人搭船，喝了一杯酒后，便向客人一五一十叙述这只油船的历史，载过多少有势力的军人、阔老，或名驰沅水流域的妓女。换言之，就是这只船与当地“历史”发生多少关系！这种船只上的一切东西，无一不巨大坚实。船主的装束在船上时看不出什么特别处，上岸时却穿长袍（下脚过膝三四寸），罩青羽绫马褂，戴呢帽或小缎帽，佩小牛皮抱肚，用粗大银链系定，内中塞满了银元。穿生牛皮靴子，走路时踏得很重。个子高高的，瘦瘦的。有一双大手，手上满是黄毛和青筋。会喝酒、打牌，且豪爽大方，吃花酒应酬时，大把银元钞票从抱肚掏出，毫不吝啬。水手多强壮勇敢，眉目精悍，善唱歌、泅水、打架、骂野话。下水时如一尾鱼，上岸接近妇人时像一只小公猪。白天弄船，晚上玩牌，同样做得极有兴致。船上人虽多，却各有所事，从不紊乱。舱面永远整洁如新。拔锚开头时，必擂鼓敲锣，在船头烧纸烧香，煮白肉祭神，燃放千子头鞭炮，表示人神和乐，共同帮忙，一路福星。在开船仪式与行船歌声中，使人想起两千年前《楚辞》发生的原因，现在还好好的保留下来，今古如一。

比洪江油船小些，形式仿佛比较笨拙些（一般船只用木板作成，这种船竟像用木柱作成），平头大尾，一望而知船身十分坚实，有斗拳师的神气，名叫“白河船”。白河即酉水的别名。这种船只即行驶于沅水由常德到沅陵一段，酉水由沅陵到保靖一段。酉水滩流极险，船只必经得起磕撞。船只必载重方能压浪，因此尾部如臀，大而圆。下行时在船头缚大木桡一两把。木桡的用处是船只下滩，转头时比舵切于实际。照水上人俗谚说："三桨不如一篙，三橹不如一桡。""桡"读作招。酉水浅而急，不常用橹，篙桨用处多，因此篙多特别长大，桨较粗硕，肥而短。船篷用粽子叶编成，不涂油。船主多永顺保靖人，姓向姓王姓彭占多数。酉水河床窄，滩流多，为应付自然，弄船人所需要的勇敢能耐也较多。行船时常用相互诅骂代替共同唱歌，为的是受自然限制较多，脾气比较坏一点儿。酉水是传说中古代藏书洞穴所在地，多的是高大宏敞、充满神秘的洞穴。由沅陵起到酉阳止，沿酉水流域的每个县分总有几个洞穴。可是如沅陵的大酉洞、二酉洞，保靖的狮子洞，酉阳的龙洞，这些洞穴纵有书籍也早已腐烂了。到如今这条河流最多的书应当是宝庆纸客贩卖的石印本历书，每一条船上照例都有一本"皇历"。船家禁忌多，历书是他们行动的宝贝。河水既容易出事情，个人想减轻责任，因此凡事都俨然有天作主，由天处理，照书行事，比较心安，也少纠纷。酉水流域每个县分的船只，在形式上又各不相同，不过这些小船不出白河，在常德能看到的白河油船，形体差不多全是一样。

沅水中部的辰溪县，出白石灰和黑煤，运载这两种东西的本地船叫做"辰溪船"，又名"广舶子"。它的特点和上述两种船只比较起来，显得材料脆薄而缺少个性。船身多是浅黑色，形状如土布机上的梭子，款式都不怎么高明。下行多满载一些不值钱的货，上行因无回头货便时常放空。船身脏，所运货又少时间性，满载下驶，危险性多，搭客不欢迎，因之弄船人对于清洁、时间就不甚关心。这种船上的席篷照例是不大完整的，布帆是破破碎碎的，给人印象如一个破落户。弄船人因闲而懒，精神多显得萎靡不振。

洞河（即泸溪）发源于乾城苗乡大小龙洞和凤凰苗乡乌巢河。两条小河在乾城县的所里市相汇。向东流，到泸溪县，方和沅水同流。在这条河里的船就叫“洞河船”。河源由苗乡梨林地方两个洞穴中流出，河床是乱石底子，所以水特别清，水性特别猛。船身必需从撞磕中挣扎，河身既小，船身也较轻巧。船舷低而平，船头窄窄的。在这种船上水手中，我们可以发现苗人。不过见着他时我们不会对他有何惊奇，他也不会对我们有何惊奇。这种人一切和别的水上人都差不多，所不同处，不过是他那点老实、忠厚、纯朴、戆直[①]性情——原人的性情，因为住在山中，比城市人保存得多点罢了。乾城人极聪明文雅，小手小脚小身材，唱山歌时嗓子非常好听，到码头边时可特别沉默安静。船只太小了，不常有机会到这大码头边靠船。这种船停泊在河面时似乎很羞怯。正如水手们上街时一样羞怯。

① 戆（zhuàng）直：形容憨厚而刚直。

乾城用所里作本县吐纳货物的水码头。地方虽不大，小小石头城却很整齐干净，且出了几个近三十年来历史上有名姓的人物。段祺瑞时代的陆军总长傅良佐将军，是生长在这个小县城里的。东北军宿将，国内当前军人中称战术权威的杨安铭将军，也是这地方人。

在河上显得极活动，极有生气，而且数量极多的，是普通的中型“麻阳船”。这种船头尾高举，秀拔而灵便。这种船只的出处是麻阳河（即辰溪）。每只船上都可见到妇人、孩子、童养媳。弄船人一面担负商人委托的事务，一面还担负上帝派定的工作，两方面都异常称职。沅水流域的转运事业，大多数由这地方人支配，人口繁荣的结果，且因此在常德城外多了一条麻阳街。“一切成功都必需争斗”，这原则也可用作麻阳街的说明。据传说，这条街是个姓滕的水手滕老九双拳打出来的。我们若有兴趣特意到那条街上走走，可知道开小铺子的，做理发店生意的，卖船上家伙的，经营不用本钱最古职业的，全是麻阳乡亲，我们就会明白，原来参加这种争斗，每人都有一份。麻阳人的精力绝伦处，或者与地方出产有点关系。麻阳出各种橘子，糯米也极好，作甜酒特别相宜。人口加多，船只也越来越多，因此沅水水面的世界，一大半是麻阳人占有的。大凡船只停靠处，都有叫乡亲的麻阳人。乡亲所得的便利极多，平常外乡人，坐船时于是都叫麻阳人作“乡亲”。乡亲的特点是面目精悍而性情快乐，做水手的都能吃，能做，能喝，能打架。船主上岸时必装扮成为一个小乡绅，如驾洪江油船的大老板一样穿袍穿褂，着生牛皮盘云长统钉靴，戴有皮封耳的毡帽或博士帽，手指套上分量沉重的金戒指，皮抱肚里装上许多大洋钱，短烟管上悬个老虎爪子，一端还镶包一片镂花银皮。见人就请教仙乡何处，贵府贵姓。本人大多数姓滕，名字“代富”“宜贵”。对三十年来的本省政治，比起任何地方船主都熟习，都关心。欢喜讲礼教，臧否人物，且善于称引经典格言和当地俗谚，作为谈天时章本。恭维客人时必从恭维上增多一点收入，被客人恭维时便称客人为“知己”，笑嘻嘻的请客人喝包谷子酒。妇女在船上不特对于行船毫无妨碍，且常常是一个好帮手。妇女多壮实能干，大脚大手，善于生男育女。

麻阳人中另外还有一双值得称赞的手，在湘西近百年实无匹敌，在国内也是一个少见的艺术家，是塑像师张秋潭那双手。小件艺术品多在烟盘边靠灯时用烟签完成的，无一不作得栩栩如生，至今还留下些在湘西私人手中。大件是各县庙宇天王观音等神像，辛亥以后破除迷信，毁去极多。

在常德水码头船只极小，飘浮水面如一片叶子，数量之多如淡干鱼，是专载客人用的“桃源划子”。木商与烟贩，上下办货的庄客，过路的公务员，放假的男女学生，同是这种小船的主顾。船身既轻小，上下行的速度较之其他船只快过一倍，下滩时可从边上小急流走，决不会出事。在平潭中且可日夜赶程，不会受关卡留难。因此在有公路以前，这种小小船只实为沅水流域交通利器。弄船人工作不需如何紧张，开销又少，收入却较多。装载客人且多阔老，同时桃源县人的性格又特别随和（沅水一到桃源后就变成一片平潭，再无恶滩急流，自然影响到水上人性情很大），所以弄船人脾气就马虎得多，很多是瘾君子，白天弄船，晚上便靠灯。有些家中人说不定还留在县里，经营一种不必要本钱的职业，分工合作，都不闲散。且能作客人向导，带访桃源洞的客人到所要到的新奇地方去。

在沅水流域上下行驶，停泊到常德码头应当称为“客人”的船只，共有好几种，有从芷江上游黔东玉屏来的，有从麻阳河上游黔东铜仁来的，有从白河上游川东龙潭来的。玉屏船多就洪江转口，下行不多。龙潭船多从沅陵换货，下行不多。“铜仁船”装油碱下行的，有些庄号在常德，所以常直放常德。船只最引人注意处是颜色黄明照眼，式样轻巧，如竞赛用船。船头船尾细狭而向上翘举，舱底平浅，材料脆薄，给人视觉上感到灵便与愉快，在形式上可谓秀雅绝伦。弄船人语言清婉，装束素朴，有些水手还穿齐膝的长衣，裹白头巾，风度整洁和船身极相称。船小而载重，故下行时船舷必缚茅束挡水。这种船停泊河中，仿佛极其谦虚，一种作客应有的谦虚。然而比同样大小的船只都整齐，一种作客不能不注意的整齐。

此外常德河面还有一种船只，数量极多，有的时常移动，有的又长久停泊。这些船的形式一律是方头、方尾、无桅、无舵。用木板作舱壁，开小小窗子，木板作顶。有些当作船主的金屋，有些又作逋逃者的窟穴。船上有招纳水手客人的本地土娼，有卖烟和糖食、小吃、猪蹄子粉面的生意人。此外算命卖卜的，圆光关亡的，无不可以从这种船上发现。船家做寿成亲，也多就方便借这种水上公馆举行，因此一遇黄道吉日，总是些张灯结彩，响器声，弦索声，大小炮仗声，划拳歌呼声，点缀水面热闹。

常德乡城本身也就类乎一只旱船，女作家丁玲，法律家戴修瓒，国学家余嘉锡，是这只旱船上长大的。较上游的河堤比城中高得多，涨水时水就到了城边，决堤时城四围便是水了。常德沿河的长街，街市上大小各种商铺不下数千家，都与水手有直接关系。杂货店铺专卖船上用件及零用物，可说是它们全为水手而预备的。至如油盐、花纱、牛皮、烟草等等庄号，也可说水手是为它们而有的。此外如茶馆、酒馆和那经营最素朴职业的户口，水手没有它不成，它没水手更不成。

常德城内一条长街，铺子门面都很高大（与长沙铺子大同小异，近于夸张），木料不值钱，与当地建筑大有关系。地方滨湖，河堤另一面多平田泽地，产鱼虾、莲藕，因此鱼栈莲子栈延长了长街数里。多清真教门，因此牛肉特别肥鲜。

常德沿沅水上行九十里，才到桃源县，再上行二十五里，方到桃源洞。千年前武陵渔人如何沿溪走到桃花源，这路线尚无好事的考古家说起。现在想到桃源访古的“风雅人”，大多数只好坐公共汽车去。在桃源县想看到老幼黄发垂髫，怡然自乐的光景，并不容易。不过或者因为历史的传统，地方人倒很和气，保存一点古风。也知道欢迎客人，杀鸡作黍，留客住宿。虽然多少得花点钱，数目并不多。可是一个旅行者应当知道，这些人赠送游客的礼物，有时不知不觉太重了点，最好倒是别大意，莫好奇，更不要因为记起宋玉所赋的高唐神女[1]，刘晨、阮肇天台所遇的仙女[2]，想从经验中去证实故事。不妨学个“老江湖”，少生事！当地纵多神女仙女，可并不是为外来读书人游客预备的，沅水流域的

---

① 相传楚怀王游高唐，梦见巫山神女事。

② 南朝宋宗室刘义庆所作《幽明录》中一则故事，讲述刘晨、阮肇二人在天台山遇仙女的故事。

木竹簰商人是唯一受欢迎者。好些极大的木竹簰，到桃源后不久就无影无踪不见了的。

政治家宋教仁[①]，老革命党覃振[②]，同是桃源县人。桃源县有个省立第二女子师范学校，五四运动谈男女解放平等，最先要求男女同校，且实现它，就是这个学校的女学生。

---

① 宋教仁：中国近代政治家、革命家。

② 覃振：早年加入同盟会，辛亥后曾任黎元洪执政时的秘书长、国会议员；后为“西山会议派”成员。宁汉合流后，曾任国民党立法院副院长。

沅陵的人

由常德到沅陵，一个旅行者在车上的感触，可以想象得到，第一是公路上并无苗人，第二是公路上很少听说发现土匪。

公路在山上与山谷中盘旋转折虽多，路面却修理得异常良好，不问晴雨都无妨车行。公路上的行车安全的设计，可看出负责者的最大努力。旅行的很容易忘了车行的危险，乐于赞叹自然风物的美秀。在自然景致中见出宋院画[1]的神采奕奕处，是太平铺过河时入目的光景。溪流萦回，水清而浅，在大石细沙间漱流。群峰竞秀，积翠凝蓝，在细雨中或阳光下看来，颜色真无可形容。山脚下一带树林，一些俨如有意为之布局恰到好处的小小房子，绕河洲树林边一湾溪水，一道长桥，一片烟。香草山花，随手可以掇拾。《楚辞》中的

① 宋院画：指宋代院体画，宋代翰林图画院及其后宫廷画家的绘画。多以花鸟、山水、宗教为题材，讲究法度，风格华丽。

山鬼[1]、云中君[2]，仿佛如在眼前。上官庄的长山头时，一个山接一个山，转折频繁处，神经质的妇女与懦弱无能的男子，会不免觉得头目晕眩。一个常态的男子，便必然对于自然的雄伟表示赞叹，对于数年前裹粮负水来在这高山峻岭修路的壮丁，更表示敬仰和感谢。这是一群没灭无闻[3]沉默不语真正的战士！每一寸路都是他们流汗作成的。他们有的从百里以外小乡村赶来，沉沉默默的在派定地方担土，打石头，三五十人躬着腰肩共同拉着个大石滚子碾压路面，淋雨，挨饿，忍受各式各样虐待，完成了分派到头上的工作。把路修好了，眼看许多许多的各色各样希奇古怪的物件吼着叫着走过了，这些可爱的乡下人，知道事情业已办完，笑笑的，各自又回转到那个想象不到的小乡村里过日子去了。中国几年来一点点建设基础，就是这种无名英雄作成的。他们什么都不知道，可是所完成的工作却十分伟大。

单从这条公路的坚实和危险工程看来，就可知道湘西的民众，是可以为国家完成任何伟大理想的。只要领导有人，交付他们更困难的工做，也可望办得很好。

看看沿路山坡桐茶树木那么多，桐茶山整理那么完美，

---

① 山鬼：屈原《九歌》中神名，系山神。

② 云中君：屈原《九歌》中神名，系云神。

③ 没灭无闻：湮灭无闻，指名声被埋没，无人知晓。

我们且会明白这个地方的人民，即或无人领导，关于求生技术，各凭经验在不断努力中，也可望把地面征服，使生产增加。

只要在上的不过分苛索他们、鱼肉他们，这种勤俭耐劳的人民，就不至于铤而走险发生问题。可是若到任何一个停车处，试同附近乡民谈谈，我们就知道那个“过去”是种什么情形了。任何捐税，乡下人都有一分，保甲在糟蹋乡下人这方面的努力，“成绩”真极可观！然而促成他们努力的动机，却是照习惯把所得缴一半，留一半。然而负责的注意到这个问题时，就说“这是保甲的罪过”，从不认为是“当政的耻辱”。负责者既不知如何负责，因此使地方进步永远成为一种空洞的理想。

然而这一切都不妨说已经成为过去了。

车到了官庄交车处，一列等候过山的车辆，静静的停在那路旁空阔处，说明这公路行车秩序上的不苟。虽在军事状态中，军用车依然受公路规程辖制，不能占先通过，此来彼往，秩序井然。这条公路的修造与管理统由一个姓周的工程师负责。

车到了沅陵，引起我们注意处，是车站边挑的，抬的，负荷的，推挽的，全是女子。凡其他地方男子所能做的劳役，在这地方统由女子来作。公民劳动服务也还是这种女人。公路车站的修成，就有不少女子参加。工作既敏捷，又能干。女权运动者在中国二十年来的运动，到如今在社会上露面时，还是得用“夫人”名义来号召，并不以为可羞。而且大家都集中在大都市，过着一种腐败生活。比较起这种女劳动者把流汗和吃饭打成一片的情形，不由得我们不对这种人充满尊敬与同情。

这种人并不因为终日劳作就忘记自己是个妇女，女子爱美的天性依然还好好保存。胸口前的扣花装饰，裤脚边的扣花装饰，是劳动得闲在茶油灯光下做成的。（围裙扣花工作之精和设计之巧，外路人一见无有不交口称赞。）这种妇女日常工作虽不轻松，衣衫却整齐清洁。有的年纪已过了四十岁，还与同伴竞争兜揽生意。两角钱就为客人把行李背到河边渡船上，跟随过渡，到达彼岸，再为背到落脚处。外来人到河码头渡船边时，不免十分惊讶，好一片水！好一座小小山城！尤其是那一排渡船，船上的水手，一眼看去，几乎又全是女子。过了河，进得城门，向长街走走，就可见到卖菜的，卖米的，开铺子的，做银匠的，无一不是女子。再没有另一个地方女子对于参加各种事业，各种生活，做得那么普遍，那么自然了。看到这种情形时，真不免令人发生疑问：一切事几几乎都由女子来办，如《镜花缘》[1]一书上的女儿

---

① 《镜花缘》：长篇小说，清李汝珍著。

国现象了。本地方的男子，是出去打仗，还是在家纳福看孩子？

不过一个旅行者自觉已经来到辰州时，兴味或不在这些平常问题上。辰州地方是以辰州符驰名的，辰州符的传说奇迹中又以赶尸著闻。公路在沅水南岸，过北岸城里去，自然盼望有机会弄明白一下这种老玩意儿。

可是旅行者这点好奇心会受打击，多数当地人对于辰州符都莫名其妙，且毫无兴趣，也不怎么相信。或许无意中会碰着一个“大”人物，体魄大，声音大，气派也好像很大。他不是姓张，就是姓李（他应当姓李！），会告你辰州符的灵迹，就是用刀把一只鸡颈脖扎断，把它重新接上，喂一口符水，向地下抛去，这只鸡即刻就会跑去，撒一把米到地上，这只鸡还居然赶回来吃米！你问他：“这事曾亲眼见过吗？”他一定说：“当真是眼见的事。”或许慢慢的想一想，你便也会觉得同样是在什么地方亲眼见过这件事了。原来五十年前的什么书上，就这么说过的。这个“大”人物是当地著名会说大话的。世界上事什么都好像知道得清清楚楚，只不大知道自己说话是假的还是真的？是书上有的，还是自己造作的？多数本地人对于“辰州符”是个什么东西，照例都不大明白的。

对于赶尸传说呢？说来实在动人。凡受了点新教育，血里骨里还浸透原人迷信的新绅士，想满足自己的荒唐幻想，到这个地方来时，总有机会温习一下这种传说。绅士，学生，旅馆中人，俨然因为生在当地，便负了一种不可避免的义务，又如为一种天赋幽默同情心所激发，总要把它的神奇处重述一番。或说朋友亲戚曾亲眼见过这种事情，或说曾有谁被赶回来。其实他依然和客人一样，并不明白，也不相信，客人不提起，他是从不注意这个问题的。客人想“研究”它（我们想得出有许多人是乐于研究它的），最好还是看《奇门遁甲》[①]，这部书或者对他有一点帮助，本地人可不会给他多少帮助。本地人虽乐于答复这一类傻不可言的问题，却不能说明这事情的真实性。就中有个“有道之士”，姓阙，当地人通称之为阙五老，年纪将近六十岁，谈天时精神犹如一个小孩子。据说十五岁时就远走云贵，跟名师学习过这门法术。作法时口诀并不希奇，不过是念文天祥的《正气歌》罢了。死人能走动便受这种歌词的影响。辰州符主要的工具是一碗水；这个有道之士家中神主前便陈列了那么一碗水，据说已经有了三十五年，碗里水减少时就加添一点。一切病痛统由这一碗水解决。一个死尸的行动，也得用水迎面的噀，这水且能由浑浊与沸腾表示预兆，有人需要帮忙或

① 《奇门遁甲》：书名。奇门遁甲，术数之一种。迷信者据以推算凶吉祸福。

家事吉凶的预兆。登门造访者若是一个读书人，一个教授，他把这一碗水的妙用形容得将更惊心动魄。使他舌底翻莲的原因，或者是他自己十分寂寞，或者是对于客人具有天赋同情，所以常常把书上没有的也说到了。客人要老老实实发问："五老，那你看过这种事了？"他必装作很认真神气说："当然的。我还亲自赶过！那是我一个亲戚，在云南做官，死在任上，赶回湖南，每天为死者换新草鞋三双。到得湖南时，死人脚趾头全走脱了。只是功夫不练就不灵，早丢下了。"至于为什么把它丢下，可不说明。客人目的在表演，主人用意在故神其说，末后自然不免使客人失望。不过知道了这玩意儿是读《正气歌》作口诀，同儒家居然有关系时，也不无所得。关于赶尸的传说，这位有道之士可谓集其大成，所以值得找方便去拜访一次，他的住处在上西关，一问即可知道。可是一个读书人也许从那有道之士服尔泰[①]风格的微笑，服尔泰风格的言谈，会看出另外一种无声音的调笑："你外来的书呆子，世界上事你知道许多，可是书本不说，另外还有许多就不知道了。用《正气歌》赶走了死尸，你充满好奇的关心，你这个活人，是被什么邪气歌赶到我这里来？"那时他也许正坐在他的杂货铺里面（他是隐于医与

① 服尔泰：现译作伏尔泰。法国启蒙思想家、作家、哲学家。

商的），忽然用手指着街上一个长头发的男子说："看，疯子！"那真是个疯子，沅陵地方唯一的疯子。可是他的语气也许指的是你拜访者。你自己试想想看，为了一种流行多年的荒唐传说，充满了好奇心来拜访一个透熟人生的人，问他死了的人用什么方法赶上路，你用意说不定还想拜老师，学来好去外国赚钱出名，至少也弄得哲学博士回国，在他饱经世故的眼中，你和疯子的行径有多少不同！

这个人的言谈，倒真是一种杰作，三十年来当地的历史，在他记忆中保存得完完全全，说来时庄谐杂陈，实在值得一听。尤其是对于当地人事所下批评，尖锐透入，令人不由得不想起法国那个服尔泰。

至于辰砂的出处，出产地离辰州地还远得很，远在凤凰县的苗乡猴子坪。

凡到过沅陵的人，在好奇心失望后，依然可从自然风物的秀美上得到补偿。由沅陵南岸看北岸山城，房屋接瓦连椽[①]，较高处露出雉堞[②]，沿山围绕；丛树点缀其间，风光入眼，实不俗气。由北岸向南望，则河边小山间，竹园，树木，庙宇，居民，仿佛各个都位置在最适当处。山后较远处

① 椽（chuán）：放在檩上架着屋面板和瓦的木条。

② 雉堞（zhì dié）：古代在城墙上面修筑的矮而短的墙，守城的人可借以掩护自己。

群峰罗列，如屏如障，烟云变幻，颜色积翠堆蓝。早晚相对，令人想象其中必有帝子天神，驾螭乘蜺，驰骤[1]其间。绕城长河，每年三四月春水发后，洪江油船颜色鲜明，在摇橹歌呼中连翩下驶。长方形大木筏，数十精壮汉子，各据筏上一角，举桡激水，乘流而下。就中最令人感动处，是小船半渡，游目四瞩，俨然四围是山，山外重山，一切如画。水深流速，弄船女子，腰腿劲健，胆大心平，危立船头，视若无事。同一渡船，大多数都是妇人，划船的是妇女，过渡的也妇女较多，有些卖柴卖炭的，来回跑五六十里路，上城卖一担柴，换两斤盐，或带回一点红绿纸张同竹篾作成的简陋船只，小小香烛。问她时，就会笑笑的回答：“拿回家去做土地会。”你或许不明白土地会的意义，事实上就是酬谢《楚辞》中提到的那种云中君——山鬼。这些女子一看都那么和善，那么朴素，年纪四十以下的，无一不在胸前土蓝布或葱绿布围裙上绣上一片花，且差不多每个人都是别出心裁，把它处置得十分美观，不拘写实或抽象的花朵，总那么妥帖而雅相。在轻烟细雨里，一个外来人眼见到这种情形，必不免在赞美中轻轻叹息。天时常常是那么把山和水和人都笼罩在一种似雨似雾使人微感凄凉的情调里，然而却无处不可以见

---

① 驰骤：驰骋，疾奔。

出“生命”在这个地方有光辉的那一面。

外来客自然会有个疑问发生：这地方一切事业女人都有份，而且像只有“两截穿衣”的女子有份，男子到哪里去了呢？

在长街上，我们固然时常可以见到一对少年夫妻，女的眉毛俊秀，鼻准完美，穿浅蓝布衣，用手指粗银链系扣花围裙，背小竹笼。男的身长而瘦，英武爽朗，肩上扛了各种野兽皮向商人兜卖。令人一见十分感动。可是这种男子是特殊的。

男子大部分都当兵去了。因兵役法的缺憾和执行兵役法的中间层保甲制度人选不完善，逃避兵役的也多，这些壮丁抛下他的耕牛，向山中走，就去当匪。匪多的原因，外来官吏苛索实为主因。乡下人照例都愿意好好活下去，官吏的老式方法居多是不让他们那么好好活下去。乡下人照例一入兵营就成为一个好战士，可是办兵役的，却觉得如果人人都乐于应兵役，就毫无利益可图。土匪多时，当局另外派大部队伍来“维持治安”，守在几个城区，别的不再过问。土匪得了相当武器后，在报复情绪下就是对公务员特别不客气，凡搜刮过多的外来人，一落到他们手里时，必然是先将所有的得到，再来取那个“命”。许多人对于湘西民或匪都留下一个特别蛮悍嗜杀的印象，就由这种教训而来。许多人说湘西有匪，许多人在湘西虽遇匪，却从不曾遭遇过一次抢劫，就是这个原因。

一个旅行者若想起公路就是这种蛮悍不驯的山民或土匪，在烈日和风雪中努力作成的，乘了新式公共汽车由这条公路经过，既感觉公路工程的伟大结实，到得沅陵时，更随处可见妇人如何认真称职，用劳力讨生活，而对于自然所给的印象，又如此秀美，不免感慨系之。这地方神秘处原来在此而不在彼。人民如此可用，景物如此美好，三十年来牧民者来来去去，新陈代谢，不知多少，除认为“蛮悍”外，竟别无发现。外来为官作宦的，回籍时至多也只有把当地久已消灭无余的各种画符捉鬼荒唐不经的传说，在茶余酒后向陌生者一谈。地方真正好处不会欣赏，坏处不能明白，这岂不是湘西的另一种神秘？

沅陵算是个湘西受外来影响较久较大的地方，城区教会的势力，造成一批吃教饭的人物，蛮悍性情因之消失无余，代替而来的或许是一点青年会办事人的习气。沅陵又是沅水几个支流货物转口处，商人势力较大，以利为归的习惯，也自然很影响到一些人的打算行为。沅陵位置在沅水流域中部，就地形言，自为内战时代必争之地。因此麻阳县的水手，一部分登陆以后，便成为当地有势力的小贩。凤凰县屯垦子弟兵官佐，留下住家的，便成为当地有产业的客居者。慷慨好义，负气任侠，楚人中这类古典的热诚，若从当地人寻觅无着时，还可从这两个地方的男子中发现。一个外来人，在那山城中石板作成的一道长街上，会为一个矮小、瘦弱，眼睛又不明，听觉又不聪，走路时匆匆忙忙，说话时结结巴巴，那么一个平常人引起好奇心。说不定他那时正在大街头为人排难解纷，说不定他的行为正需要旁人排难解纷！他那样子就古怪，神气也古怪。一切像个乡下人，像个官能为嗜好与毒物所毁坏，心灵又十分平凡的人。可是应当找机会去同他熟一点儿，谈谈天。应当想办法更熟一点儿，跟他向家里走（他的家在一个山上。那房子是沅陵住户地位最好，花木最多的）。如此一来，结果你会接触一点很新奇的东西，一种混合古典热诚与近代理性在一个特殊环境特殊生活里培养成的心灵。你自然会"同情"他，可是最好倒是"赞美"他。他需要的不是同情，因为他成天在同情他人，为他人设想帮忙尽义务，来不及接收他人的同情。他需要人"赞美"，因为他那种古典的作人的态度，值得赞美。同时他的性情充满了一种天真的爱好，他需要信托，为的是他值得信托。他的视觉同听觉都毁坏了，心和脑可极健全。凤凰屯垦兵子弟中出壮士，体力、胆气两方面都不弱于人。这个矮小瘦弱的人物，虽出身世代武人的家庭中，因无力量征服他人，失去了作军人的资格。可是那点有遗传性的军人气概，却征服了他自己，统制自己，改造自己，成为沅陵县一个顶可爱的人。他的名字叫做“大老爷”，或“大大”，一个古怪到家的称呼。商人，妓女，屠户，教会中的牧师和医生，都这样称呼他。到沅陵去的人，应当认识认识这位大老爷。

沅陵县沿河下游四里路远近，河中心有个洲岛，周围高山四合，名“合掌洲”，名目与情景相称。洲上有座庙宇，名“和尚洲”，也还说得去。但本地的传说却以为是“和涨洲”，因为水涨河面宽，淹不着，为的是洲随河水起落！合掌洲有个白塔，由顶到根雷劈了一小片，本地人以为奇，并不足奇。河北岸村名黄草尾，人家多在橘柚林里，橘子树白华朱实，宜有小腰白齿于其间。一个种菜园的周家，生了四个女儿，最小的一个四妹，人都呼为天妹，年纪十七岁，许了个成衣店学徒，尚未圆亲。成衣店学徒积蓄了整年工钱，打了一副金耳环给天妹，女孩子就戴了这副金耳环，每天挑菜进东门城卖菜。因为性格好繁华，人长得风流波俏，一个东门大街的人都知道卖菜的周家天妹。

因此县里的机关中办事员，保安司令部的小军佐和商店中小开，下黄草尾玩耍的就多起来了。但不成，肥水不落外人田，有了主子。可是“人怕出名猪怕壮”，天天的名声传出去了，水上划船人全都知道周家天天。去年（一九三七年）冬天一个夜里，忽然来了四百武装喽啰攻打沅陵县城，在城边响了一夜枪，到天明以前，无从进城，这一伙人依然退走了。这些人本来目的也许就只是在城外打一夜枪。其中一个带队的称团长，却带了兄弟伙到夭妹家里去拍门。进屋后别的不要，只把这女孩子带走。

女孩子虽又惊又怕，还是从容的说："你抢我，把我箱子也抢去，我才有衣服换！"

带到山里去时那团长问："夭夭，你要死，要活？"

女孩子想了想，轻声的说："要死。你不会让我死。"

团长笑了："那你意思是要活了！要活就嫁我，跟我走。我把你当官太太，为你杀猪杀羊请客，我不负你。"

女孩子看看团长，人物实在英俊标致，比成衣店学徒强多了，就说："人到什么地方都是吃饭，我跟你走。"

于是当天就杀了两个猪，十二只羊，一百对鸡鸭，大吃大喝大热闹，团长和夭妹结婚。

女孩子问她的衣箱在什么地方，待把衣箱取来打开一看，原来全是预备陪嫁的！英雄美人，可谓美满姻缘。过三天后，那团长就派人送信给黄草尾种菜的周老夫妇，称岳父岳母，报告夭妹安好，不用挂念。信还是用红帖子写的，词句华而典，师爷的手笔。还同时送来一批礼物！老夫妇无话可说，只苦了成衣店那个学徒，坐在东门大街一家铺子里，一面裁布条子做纽绊，一面垂泪。

这也可说是沅陵县人物之一型。

至于住城中的几个年高有德的老绅士，那倒正像湘西许多县城里的正经绅士一样，在当地是很闻名的，庙宇里照例有这种名人写的屏条，名胜地方照例有他们题的诗词。儿女多受过良好教育，在外做事。家中种植花木，蓄养金鱼和雀鸟，门庭规矩也很好。与地方关系，却多如显克微支[1]在他《炭画》那本书里所说的贵族，凡事取“不干涉主义”。因为名气大，许多不相干的捐款，不相干的公事，不相干的麻烦，不会上门。乐得在家纳福，不求闻达，所以也不用有什么表现。对于生活劳苦认真，既不如车站边负重妇女生命活跃，也不如卖菜的周家夭妹，然而日子还是过得很好，这就够了。

由沅水下行百十里到沅陵属边境地名柳林岔——就是湘西出产金子，风景又极美丽的柳林岔。那地方过去一时也有个人，很有意思。这个人据说母亲貌美而守寡，住在柳林岔镇上。对河高山上有个庙，庙中住下一个青年和尚，诚心苦修。寡妇因爱慕和尚，每天必借烧香为名去看看和尚，二十年如一日。和尚诚心修苦，不作理会，也同样二十年如

① 显克微支：波兰作家，1905年获诺贝尔文学奖。

一日。儿子长大后，慢慢的知道了这件事。儿子知道后，不敢规劝母亲，也不能责怪和尚，唯恐母亲年老眼花，一不小心，就会坠入深水中淹死。又见庙宇在一个圆形峰顶，攀援实在不容易。因此特意雇定一百石工，在临河悬岩上开辟一条小路，仅可容足，更找一百铁工，制就一条粗而长的铁链索，固定在上面，作为援手工具。又在两山间造一拱石头桥，上山顶庙里时就可省一大半路。这些工作进行时自己还参加，直到完成。各事完成以后，这男子就出远门走了，一去再也不回来了。

这座庙，这个桥，濒河的黛色悬崖上这条人工凿就的古怪道路，路旁的粗大铁链，都好好的保存在那里，可以为过路人见到。凡上行船的纤手，还必需从这条路把船拉上滩。船上人都知道这个故事。故事虽还有另一种说法，以为一切是寡妇所修的，为的是这寡妇……总之，这是一个平常人为满足他的某种愿心而完成的伟大工程。这个人早已死了，却活在所有水上人的记忆里。传说和当地景色极和谐，美丽而微带忧郁。

沅水由沅陵下行三十里后即滩水连接，白溶、九溪、横石、青浪……就中以青浪滩最长，石头最多，水流最猛。顺流而下时，四十里水路不过二十分钟可完事，上行船有时得一整天。

青浪滩滩脚有个大庙，名伏波宫，敬奉的是汉老将马援。行船人到此必在庙里烧纸献牲。庙宇无特点，不出奇。庙中屋角树梢栖息的红嘴红脚小小乌鸦，成千累万，遇下行船必飞往接船送船，船上人把饭食糕饼向空中抛去，这些小黑鸟就在空中接着，把它吃了。上行船可照例不光顾。虽上下船只极多，这小东西知道向什么船可发利市，什么船不打抽丰。船夫说这是马援的神兵，为迎接船只的神兵，照老规矩，凡伤害的必赔一大小相等银乌鸦，因此从不会有人敢伤害它。

几件事都是人的事情。与人生活不可分，却又杂糅神性和魔性。湘西的传说与神话，无不古艳动人。同这样差不多的还很多。湘西的神秘，和民族性的特殊大有关系。历史上楚人的幻想情绪，必然孕育在这种环境中，方能滋长成为动人的诗歌。想保存它，同样需要这种环境。

白河流域几个码头

白河便是历史上知名的酉水。白河到沅陵与沅水汇流后，便略显浑浊，有出山泉水的意思。若溯流而上，则三丈五丈的深潭清澈见底。深潭中为白日所映照，河底小小白石子，有花纹的玛瑙石子，全看得明明白白。水中游鱼来去，皆如浮在空气里。两岸多高山，山中多可以造纸的细竹，长年作深翠颜色，逼人眼目。近水人家多在桃杏花里，春天时只需注意，凡有桃花处必可沽酒。夏天则晒晾在日光下耀目的紫花布衣裤，可以作为人家所在的旗帜。秋冬来时，房屋在悬崖上的，滨水的，无不朗然入目，黄泥的墙，乌黑的瓦，位置却永远那么妥帖，且与四周环境极其调和，使人得到的印象非常愉快。（引自《边城》）

由沅陵沿白河上行三十里名“乌宿”，地方风景清奇秀美，古木丛竹，濒水极多。传说中的大酉洞即在附近。洞中高大宏敞，气象万千。但比起凤凰苗乡中的齐梁洞，内中平坦能容避难的人一万以上，就可知道大酉洞其所以著名，或系邻近开化较早的沅陵所致。白河中山水木石最美丽清奇的码头，应数王村，属永顺县管辖，且为永顺县货物出口地方。夹河高山，壁立拔峰。竹木青翠，岩石黛黑。水深而清，鱼大如人。河岸两旁黛色庞大石头上，在晴朗冬天里，尚有野莺画眉鸟，从山谷中竹篁里飞出来，休息在石头上晒太阳，悠然自得啭唱悦耳的曲子，直到有船近身时，方从从容容一齐向林中飞去。水边还有许多不知名水鸟，身小轻捷，活泼快乐，或颈脖极红，如缚上一条彩色带子，或尾如扇子，花纹奇丽，鸣声都异常清脆。白日无事，平潭静寂，但见小渔船船舷船顶站满了沉默黑色鱼鹰，缓缓向上游划去。傍山作屋，重重叠叠，如堆蒸糕，入目景象清而壮。一派清芬的影响，本县老诗人向伯翔的诗，因之也见得异常清壮。

白河多滩，凤滩、茨滩、绕鸡笼、三门、驼碑五个滩最著名。弄船人有两个口号：“凤滩茨滩不为凶，上面还有绕鸡笼。”上行船到两大滩时，有时得用两条竹纤，在两岸拉挽，船在河中小小溶口破浪逆流上行。绕鸡笼因多曲折石坎，下行船较麻烦，一不小心撞触河床中的大石，即成碎片，船上人必借船板浮沉到下游三五里方能得救。三门附近山道名白鸡关，石壁插云，树身大如桌面，茅草高至二丈五尺以上。山中出虎豹，大白天可听到虎吼。

由三门水行七十里，到保靖县（过白鸡关陆行只有四十余里）。保靖是酉水流域过去土司之一所在地。酉水流域多洞穴，保靖濒河两个洞为最美丽知名。一在河南，离县城三里左右，名石楼洞。临长河，据悬崖，对河一山，山上老松数列，错落布置，十分自然。景物清疏，有渐江和尚[①]画意。但洞穴内多人工铺排，并无可观。一在河北大山下面，和县城相对，名狮子洞。洞被庙宇掩着，庙宇又被老树大竹古藤掩着。洞口并不十分高大，进到里面去后，用火燎高照，既不见边，也不见顶，才看出这洞穴何等宏敞阔大，令人吃惊。四面石壁白润如玉，地下铺满白色细砂。洞中还另有一小小天然道路，可上升到一个石屋里去。道路踏脚处带朱砂红斑，颜色极鲜艳。石屋中有石床石桌，似为昔日方士修炼住处。蝙蝠展翅约一尺长大，不知从何处求食。洞中既宽阔，又黑暗，必用五三个火燎烛照，由庙中人引导，视火燎燃到三分之二后，即寻外出，不然恐迷路不易走出。火燎用枯竹枝作成，由守庙道士出卖给游洞者，点燃时枯竹枝在洞中爆炸，声音如枪响，如大雷公鞭炮响。洞中夏天有一小小泉水，水味甘美。水中还有小小鱼虾，到冬天时仅一空穴，

① 渐江和尚：指僧弘仁，字渐江，清初画家。

鱼虾亦不知去处。

近城大山名杀鸡坡，一眼看去，山并不如何高大，但山下人有人上山时杀一鸡，等待人到山顶，山下人的鸡在锅中已熟了。因此名叫杀鸡坡。对河亦有一大山，名野猪坡，出野猪。坡上土地丛林和洞穴，为烧山种田人同野兽大蛇所割据。一到晚上，虎豹就傍近种田开山人家来吃小猪，从被咬去的小猪锐声叫喊里可以知道虎豹走去的方向。这大虫有时在大白天也昂头一吼，山谷响应许久。

种田人因此常常拿了刀矛火器，种种家伙，往树林山洞中去寻觅，用绳网捕捉大蛇，用毒烟设陷阱猎捕野兽。岭上最多的还是集群结伙蹂躏农产物成癖的野猪，喜欢偷吃山田中包谷白薯，为山民真正仇敌。正因为这种损害庄稼的仇敌太多，岭上人打锣击鼓猎野猪的事，也就成为一种常有的仪式，常有的娱乐了。

本地出好梨，皮色淡赭，味道香而甜，名“洋冬梨”，皮较厚韧，因此极易保藏。产材质坚密的黄杨木，乡下人常常用绳索系身，悬空下垂到溪谷绝壁间，把黄杨木从高崖上砍下，每段锯成两尺长短，背负入城找求售主，同卖柴一样。碗口大的木料，在本地人眼中看来，十分平常。这种良好木材，照当地人习惯，多用来作筷子和天九牌。需要多，供给少，所以一部分就用柚子木充数。出大头菜，比龙山的略差。湘西大头菜应当数接近鄂西的边县龙山最好，颜色金黄，味道甜而香。出好茶叶，和邻近山城那个古丈县的茶叶比较，味道略淡。然而清醇之中，别有一种芬馥之气。陈家茶园在湘西实得风气之先，出品佳美，可惜数量不多，无从外运。

永绥县离保靖四十五里。保靖县苗人居住较少。永绥县却大部分是苗人。逢场时交易十分热闹，猪、牛、羊、油、盐、铁器和农具，以至于一段木头，一根竹子，一个石臼，一撮火绒，无不可以买卖。大场坪中百物杂陈，五色缤纷，可谓奇观。石宏规是本县苗民中优秀分子之一，对苗民教育极热心，对苗民问题极熟习。一个大学毕业生，作了几次县长。

三个县份清中叶还由土司统治，土司既由世袭，永顺的姓向，保靖的姓彭，永绥的姓宋，到如今这三姓还为当地巨族。土司的统治已成过去，统治方法也不可考究了，除了许多大土堆通称土司坟，但留下一个传说尚能刺激人心。就是作土司的，除同宗外，对于此外任何人新婚都保有“初夜权”，新妇应当送到土司府留下三天，代为除邪气，方能发还。也许就是这种原因，三姓方成为本地巨族。土司坟多，与《三国演义》曹操七十二个疑冢不无关系，与初夜权执行也有关系。

白河上游商业较大，水码头名“里耶”。川盐入湘，在这个地方上税。边地若干处桐油，都在这个码头集中。

站在里耶河边高处，可望川湘鄂三省接壤的八面山，山如一个桶形，周围数百里，四面陡削悬绝，只一条小路可以上下。上面一坦平阳，且有很好泉水，出产好米和杂粮，住了约一百户人家。若将两条山路塞断即与一切隔绝，俨然别有天地。过去二十年常为落草大王盘据，不易攻打。惟上面无盐，所以不易久守。

白河上游分支数处，其一到龙山。龙山出好大头菜。山水清寒，鱼味甘美，六月不腐。水源出鄂西。其一河源在川东，湖南境到茶峒为止。因为这是湖南境最后一个水码头，小虽小，还有意思。这地方事实上虽与人十分陌生，可是说起来又好像十分熟习。下面是从一个小说上摘引下来的。白河流域像这样的地方，似乎不止一处。

凭水倚山筑城，近山的一面，城墙如一条长蛇，缘山爬去。临水一面则在城外河边留出余地设码头，湾泊小小篷船。船下行时运桐油，青盐，染色用的五倍子。上行则运棉花，棉纱，以及布匹杂货同海味。贯串各个码头有一条河街，人家房子多一半着陆，一半在水，因为余地有限，那些房子莫不设吊脚楼。河中涨了春水，到水进街后，河街上人家，便各用长长的梯子，一端搭在屋檐口，一端搭在城墙上，人人皆骂着嚷着，带了包袱、铺盖、米缸，从梯子上爬进城里去，水退时方又从城门口出城。某一年水若来得特别猛一些，沿河吊脚楼，必有一处两处为大水冲去，大家只在城头上呆望，受损失的也同样呆望，对于所受损失仿佛无话可说，与在自然安排下眼见其他无可挽救的不幸来临时相似。涨水时在城上还可望着骤然展宽的河面，流水浩浩荡荡，随同山水从上流浮沉而来的有房子、牛、羊、大树。于是在水势较缓处税关趸船前面，便常常有人驾了小舢板，一见河心浮沉而来的是一匹牲畜，一段小木，或一只空船，船上有一个妇人或小孩哭喊的声音，便急急的把船桨去。在下游一些迎着那个目的物，把它用长绳系定，再向岸边桨去。这些勇敢的人，也爱利，也好义，同一般当地人相似。不拘救人救物，却同样在一种愉快冒险行为中做得十分敏捷勇敢。

城外河街也有商人落脚的客店，坐镇不动的理发馆。此外饭店，杂货铺，油行，盐栈，花衣庄，莫不各有地位，装点了这条河街。还有卖船上檀木活车、竹缆与锅罐铺子，介绍水手职业吃码头饭的人家。小饭店门前，常有煎得焦黄的鲤鱼豆腐，身上装饰了红辣椒丝，卧在浅口钵头里，钵旁大竹筒中插着大把红筷子，不拘谁个愿意花点钱，这人就可以傍了门前长案坐下来，抽出一双筷子到手上，那边一个眉毛扯得极细脸上擦了白粉的妇人，就走来问："要甜酒？要烧酒？"男子火焰高一点的，谐趣的，对内掌柜有点意思的，必装成生气似的说："吃甜酒？又不是小孩，还问人吃甜酒！"那么，酽冽的烧酒，从大瓮里用木滤子舀出，倒进土碗里，即刻就来到身边案桌上了。

大都市随了商务发达而产生的某种寄食者，因为商人同水手的需要，这小小边城河街，也居然有那么一群人，聚集在一些有吊脚楼的人家。这种妇人穿了假洋绸的衣服，印花布的裤子，把眉毛扯成一条细线，大大的发髻上敷了香味极浓俗的油类，白日里无事，就坐在门口做鞋子，在鞋尖上用红绿丝线挑绣双凤，或靠在临河窗口看水手起货，听水手爬桅子唱歌。到了晚间，却轮流接待商人同水手，切切实实尽一个妓女应尽的义务。

由于边地的风俗淳朴，便是作妓女，也永远那么浑厚，遇不相熟的主顾，做生意时得先交钱，再关门撒野；人既相熟后，钱便在可有可无之间了。妓女多靠商人维持生活，但恩情所结，却多在水手方面。感情好的，互相咬着嘴唇咬着颈脖发了誓，约好了"分手后各人不许胡闹"。四十天或五十天，在船上浮着的那一个，同在岸上蹲着的这一个，便同样呆着打发这一堆日子，尽把自己的心紧紧的缚定远远的一个人。尤其是妇人，情感真挚，痴到无可形容，男子过了约定时间不回来，做梦时，就常常梦船拢了岸，那一个人摇摇荡荡的从船跳板到了岸上，直向身边跑来。或日中有了疑心，则梦里必见男子在桅上向另一方向唱歌，却不理会自己。性格弱一点儿的，接着就在梦里投河吞鸦片烟，强一点的便手执菜刀，直向那水手奔去。他们生活虽那么同一般社会疏远，但是眼泪与欢乐，在一种爱憎得失间糅进了这些人生活里时，也便同另外一片土地另外一些人相似，全个身心为那点爱憎所浸透，见寒作热，忘了一切。（引自《边城》）

三十年[①]一月七日在昆明野外校改

① 三十年：1941年。

辰溪的煤

湘西有名的煤田在辰溪。一个旅行者若由公路坐车走，早上从沅陵动身，必在这个地方吃早饭。公路汽车须由此过河，再沿麻阳河南岸前进。旅行者一瞥的印象，在车站旁所能看到的仅仅是无数煤堆，以及远处煤堆间几个黑色烟筒。过河时看到的是码头上人分子杂，船夫多，矿工多，游闲人也多。半渡之际看到的是山川风物，秀气而不流于纤巧。水清且急，两丈下可见石子如樗蒲①在水底滚动。过渡后必想到，地方虽不俗，人好像很呆，地下虽富足，一般人却极穷相。以为古怪，实不古怪。过路人虽关心当地荣枯和居民生活，但一瞥而过，对地方问题照例是无从明白的。

辰河弄船人有两句口号，旅行者无不熟习，那口号是："走尽天下路，难过辰溪渡。"事实上辰溪渡也并不怎样难过，不过弄船人所见不广，用纵横千里一条辰河与七个支流

① 樗蒲（chū pú）：古代一种博戏。

小河作准，说说罢了。

辰溪县的位置恰在两条河流的交汇处，小小石头城临水倚山，建立在河口滩脚崖壁上。河水清而急，深到三丈还透明见底。河面长年来往湘黔边境各种形体美丽的船只。山头是石灰岩，无论晴雨，都可见到烧石灰的窑上飘扬青烟和白烟。房屋多黑瓦白墙，接瓦连椽紧密如精巧图案。对河与小山城成犄角，上游为一个三角形小阜，小阜上有修船造船的宽坪。位置略下，为一个山岨，濒河拔峰，山脚一面接受了沅水激流冲刷，一面被麻阳河长流淘洗，近水岩石多玲珑透空。山半有个壮丽辉煌的庙宇，庙宇外岩石间且有成千大小不一的石佛。在那个悬岩半空的庙里，可以眺望上行船的白帆，听下行船摇橹人唱歌。小船浥浥流而渡，艰难处与美丽处实在可以平分。

地方为产煤区，似乎无处无煤，故山前山后都可见到用土法开掘的煤洞煤井。沿河两岸常有百十只运煤船停泊，上下洪江与常德码头间无时不有若干黑脸黑手脚汉子，把大块黑煤运送到船上，向船舱中抛去。若到一个取煤的斜井边去，就可见到无数同样黑脸黑手脚人物，全身光裸，腰前围一片破布，头上戴一盏小灯，向那个俨若地狱的黑井爬进爬出。矿坑随时可以坍陷或被水灌入，坍了，淹了，这些到地狱讨生活的人，自然也就完事了。（引自《湘行散记》）

战事发生后，国内许多地方的煤田都丢送给日本人了，东三省热河的早已完事。绥远河北山东安徽的全得不着了。可是辰溪县的煤，直到二十七年[1]二月里，在当地交货，两块钱一吨还无买主。运到一百四十里距离的沅陵去，两毛钱一百斤很少人用它。山上沿河两岸遍山是杂木杂草，乡下人无事可作，无生可谋，挑柴担草上城换油盐的太多，上好栎木炭到年底时也不过卖一分钱一斤，除作坊糟坊和较大庄号用得着煤，人人都因习惯便利用柴草和木炭。这种热力大质量纯的燃料，于是同过去一时当地的青年优秀分子一样，在湘西竟成为一种肮脏累赘毫无用处的废物，地方负责的虽知道这两样东西都极有用，可不知怎样来用它。到末了，年青人不是听其飘流四方，就是听他腐化堕落。廉价的燃料，只好用本地民船运往五百里外的常德，每吨一块半钱到二块六毛钱。同时却用二百五十块钱左右一吨的价值，运回美孚行的煤油，作为湘西各县城市点灯用油。

富原虽在本地，到处都是穷人，不特下井挖煤的十分穷困，每天只能靠一点点收入，一家人挤塞在一个破烂逼窄又湿又脏的小房子里住，无望无助的混下去。孩子一到十岁左右，就得来参加这种生活竞争。许多开矿的小主人，也因为

① 二十七年：1938年。

无知识，捐项多，耗费大，运输不便利，煤又太不值钱，弄得毫无办法，停业破产。

这应当是谁的责任？瞻望河边的风景，以及那一群肮脏瘦弱的负煤人，两相对照，总令人不免想得很远很远。过去的，已成为过去了。来到这地面上，驾驭钢铁，征服自然，使人人精力不完全浪费到这种简陋可怜生活上，使多数人活得稍像活人一点，这责任应当归谁？是不是到明日就有一群结实精悍的青年，心怀雄心与大愿，来担当这个艰苦伟大的工作？是不是到明日，还不免一切依然如旧？答复这个问题，应在青年本身。

这是一个神圣矿工的家庭故事——

向大成，四十四岁，每天到后坡××公司第三号井里去工作，坐箩筐下降四十三丈，到工作处。每天作工十二小时，收入一毛八分钱。妇人李氏，四十岁，到河码头去给船户补衣裳裤子，每天可得三两百钱。无事作或往相熟处，给人用碎磁放放血，用铜钱蘸清油刮刮痧。男女共生养了七个，死去五个，只剩下两个女儿，大的十六岁，十三岁时就被驻防军排长看中后，出了两块钱引诱破了身，父亲知道这事情时，就痛打女孩一顿，又为这两块钱，两夫妇大吵大闹一阵，妇人揪着自己髻发在泥地里滚哭。可是这事情自然同别的事一样，很快的就成为过去了。到十五岁这女孩子已知道从新生活上取乐，且得点小钱花，买甘蔗糍粑吃。于是常常让水手带到空船上去玩耍，不怕丑也不怕别的。可是母亲从熟人处听到她什么时候得了钱，在码头上花了，不拿回来，就用各种野话痛骂泄气。到十六岁父亲却出主张，把她押给一个“老怪物”，押二十六块钱。这女孩子于是换了崭新印花标布衣裳，把头梳得光油油的，脸上擦了脂粉，很高兴的来在河边一个小房子里接待当地军、警、商、政各界，照当地规矩，五毛钱关门一回。不久就学会了唱小曲子，军歌，爱国歌，摇船人催橹歌。母亲来时就偷偷的塞十个当一百铜子或一些角子票到母亲手中，不让“老怪物”看见。阅世多，经验多，应酬主顾自然十分周到，生意更好了一点，已成为本地“观音”。船上人无不知道码头的“观音”。有一次，县衙门一个传达，同船上人吃醋，便用个捶衣木杵把这个“活观音”痛殴一顿，末了，且把小妇人裤子也扒脱抛到河水中去。又气又苦，哭了半天，心里结了个大疙瘩，总想不开，抓起烟匣子向口里倒，咽了三钱烟膏，到第二天便死掉了。父母得到消息，来哭了一阵，拿了点“烧埋钱”走了。死了的人过不久也就装在白木匣子里抬走埋了。小女儿十一岁，每天到河滩上修船处去捡劈柴，带回家烧火煮饭，有一天造船匠故意扬起斧头来恐吓她，她不怕。造船匠于是更当着这孩子撒尿，想用另外一个方法来恐吓她。这女孩子受了辱，就坐在河边堆积的木料上，把一切耳朵中听来的丑话骂那个老造船匠。骂厌后方跑回家里去。回到家里，见母亲却在灶边大哭，原来老的在煤井里被煤块砸死了。……到半夜，那个母亲心想公司有十二块钱安埋费。孩子今年十二岁，再过四年，就可挣钱了。命虽苦，还有一点希望。……

这就是我们所称赞的劳工神圣，一个劳工家庭的真实故事。旅行者的好奇心，若需要证实它，在那里实在顶方便不过，正因为这种家庭是很普遍的，故事是随处可以掇拾的。

读书人的同情，专家的调查，对这种人有什么用？若不能在调查和同情以外有一个“办法”，这种人总永远用血和泪在同样情形中打发日子。地狱俨然就是为他们而设的。他们的生活，正说明“生命”在无知与穷困包围中必然的种种。读书人面对这种人生时，不配说“同情”，实应当“自愧”。正因为这些人生命的庄严，读书人是毫不明白的。

大家都知道辰溪县“有煤”，此外还有什么，就毫无所知了。在湘西各县裱画店，常有个署名髯翁米子和的口书字幅，用笔极浓重，引人注意。这个米先生就是辰溪县人。

沅水上游几个县分

由辰溪大河上行，便到洪江，洪江是湘西中心。出口货以木材、桐油、鸦片烟为交易中心。市区在两水汇流一个三角形地带，三面临水，通常有“小重庆”称呼。地方归会同县管辖。湖南人吃的“洪江柚子”，就是由会同，黔阳，溆浦各县属乡下集中到洪江来的。洪江商务增加了地方的财富，与市面繁荣，同时也增加了军人的争夺机会。民国三十年[①]来贵州省的政治变局，都是洪江地方直接间接促成的。贵州军人王殿轮、王小珊、周西成、王家烈，全用洪江为发祥地。湖南军人周则范、蔡钜猷、陈汉章，全用洪江为根据地，负隅自固，周、陈二人并且同样是在洪江被刺的。可是这些事对本地又似乎竟无多少关系。这些无知识的军人尽管新陈代谢，打来打去，除洪江商人照例吃点亏，与会同却并无关系。地方既不因此而衰败，也不因此而繁荣。溆浦地方

① 民国三十年：1941年。

在湘西文化水准特别高，读书人特别多，不靠洪江的商务，却靠一片田地，一片果园——蔗糖和橘子园的出产，此外便是几个热心地方教育的人。女子教育的基础，是个姓向女子作成的（即十年前在共产党中作妇女运动被杀的向××[①]，五四时代写工运文章最有声色的蔡和森的夫人）。史学家向达，经济学家武堉干，出版家舒新城，同是溆浦人。洪江沿沅水上行到黔阳，县城里有一个阳明书院，留下王阳明的一点传说，此外这个地方竟似乎不能引起外人的注意，也引不起本地人的自信或自骄。地方在外面读书作事的人相当多，湘西人的个性强悍处，似乎也因之较少。黔阳毗连芷江，“澧兰沅芷”在历史上成一动人名辞。芷江的香草香花，的确不少。公路由辰溪往芷江，不经过溆浦黔阳，是由麻阳河沿河上行一阵，到后向西走，经芷江属的东乡两个市镇，方到芷江。

车由辰溪过渡，沿麻阳河南岸上行时，但见河身平远静穆，嘉树四合，绿竹成林，郁郁葱葱，别有一种境界。沿河多油坊，祠堂，房子多用砖砌成立体方形或长方形，与峻拔不群的枫杉相衬，另是一种格局，有江浙风景的清秀，同时兼北方风景的厚重。河身虽不大，然而屈折平衍，因之引

---

① 向××：指向警予，中国共产党早期的妇女运动领导人。

水灌溉两岸，十分便利，土地极其膏腴。急流处本地人多缚大竹作圆形，安置在河边小水堰道间，引水灌高处田地，且联接枧筒长数十丈，将水远引。两岸树木多，因之美丽水鸟也特别多。弄船人除少数铜仁船水手，此外全部是麻阳人，在二百五十里内，这一条河中有多少滩，多少潭，有多少碾房，有多少出名石头，无不清清楚楚。水手们互相谈论争吵的事，也常不离这条河流所有的故事和急流石头的情形。有一个地方名“失马湾”，四围是山，山下有大小村落无数，都隐在树丛中。河面宽而平，平潭中黄昏时静寂无声，惟见水鸟掠水飞去，消失在烟浦里。一切光景美丽而忧郁，见到时不免令人生“大好河山”之感。公路虽不经从失马湾过，失马湾地方有一个故事，却常常给人带走很远。

公路入芷江境后，较大站口名怀化镇。经过的旅客除了称羡草木田地美好，以及公路宽广平坦，此外将无何等奇异感想。可是事实上这个地方的过去，正是中国三十年来的缩影。地方民性强悍，好械斗。多相互仇杀，强梁好事者既容易生事，老实循良的为生存也就力图自卫。蔡锷护法军兴，云南部队既在这里和北洋军作战，结果遗下枪支不少。本地人有钱的买枪，称为团总；个人有枪，称为练丁。枪支一多，各有所恃，于是由仇怨变成劫掠。杂牌军来，收枪裹匪膨胀势力。军队打散后，于是或入山落草保存实力，或收编成军以图挟制。内战既多，新陈代谢之际，唯一可作的事就是相互杀戮。二十年间的混乱局面，闹得至少有一万良民被把头颅割下来示众（作者个人即眼见到有三千左右农民被割头示众），为本地人留下一笔结不了的血账。然而时间是个古怪东西，这件事到如今，当地人似乎已渐渐忘掉了。遗忘不掉且居然还能够引起旅客一点好奇心，对之注意的，是一座光头山顶上留下一列堡垒形的石头房子，不像庙宇也不像住户人家，与山下简陋小市镇对照时，尤其显得两不调和。一望而知这房子是有个动人故事的。这是一个由地主而成团绅，由团绅而作大王，由大王升充军长，由军长获得巨富，由巨富被人暗杀，一个姓陈的产业。这座房子同中国许多地方堂皇富丽的建筑相似，大部分可说是用人血作成的。这房子结束了当地人对于由土匪而大王作军官成巨富的浪漫情绪。如今业已成为一个古迹，只能供过路人凭吊了。车站旁的当地妇人多显得和平而纯良，用惊奇眼光望着外来车辆和客人。客人若问："那房子是谁的产业？谁在那里住？"一定会听到那些老妇人可怜的回答："房子是我们这里陈军长的，军长名陈汉章，五年前在洪江被人杀了，房子空空的。"且可怜的微笑。也许这妇人正想起自己被杀死的丈夫，被打死的儿子，也许想起的却是那军长死后三百五十条金子和几个美丽姨太太的下落。谁知道她想的是什么事。

怀化镇过去二十里有小村市，名“石门”，出产好梨，大而酥脆，甜如蜜汁，也和中国别的地方一样，虽有好出产，并不为人注意，专家也从不曾在他著作上提及，县农场和农校更不见栽培过这种果木。再过去二十五里名“榆树湾”，地方出好米、好柿饼。与怀化镇历史相同，小小一片地面几乎用血染赤，然而人性善忘，这些事已成为过去了。民性强直，二十年前乡下人上场决斗时，尚有手携着手，用分量同等的刀相砍的公平习惯，若凑巧碰着，很可以增长旅行者一分见识。一个商人的十八岁闺女死了，入土三天后，居然还有一个卖豆腐的青年男子，把这女子从土中刨出……这种生命洋溢的性情，到近年来自然早消灭了，成为希有事物了。新来的便是无个性无特性的庸碌人生观，养成这种人生观就是使人去掉那点勇气而代替一点诈气的普通教育。一部分人自然还以为教育成功，因此为多数人所扶持。正因为如此一来，住城市中的地主阶级，方不至于田园荒芜，收租无着。按规矩，芷江的佃户对地主除缴纳正租外，还应当在每一石租谷中认交鸡肉一斤，数量多少照算，所以有千来石净收入的人家，到收租时照例可从各佃户处捉回百十只肥鸡。常日吃鸡，吃到年底，还有富余。单是这一点，东乡的民俗如何宜于改造，便很显然了。可是这些地主一定想象不到，东乡民俗一经改变，芷江的命运也就从此注定成为一个被支配者。

榆树湾离芷江还有九十里，公路上行，一部分即沿沅水西岸拉船人纤路扩大改造而成。公路一面傍山，一面临水。地势到此形成一小盆地，无高山重岭，汽车路因之较宽大，较平直。到芷江时，一个过路人一瞥所得印象必不怎么坏。城南有个明代的塔，名雁塔，形制拙而壮，约略与杭州圮坍的雷峰塔相似。城楼与城中心望楼，从万户人家屋瓦上浮，气象相当博大厚重，像一个府治。河流到了这里忽然展宽许多，约一里三分之二。一个十七墩的长桥，由南城外河边接连南岸，南岸名王家街，住户店铺也不少。三十年前通云贵的大驿道由此通过（传说中的赶尸必由之路），现在又成为公路站头。城内余地有限，将来发展自然还在南岸。表示这繁荣的起点，是小而简陋的木房子无限量的增加。

有个大佛寺，明朝人建筑的；殿中大佛头耳朵可容八个人盘旋，佛顶可摆四桌酒席。好风雅的当地绅士，重阳节便到佛头上登高，吃酒划拳，觉得十分有趣。本地绅士有一“维新派”，知去掉迷信不知道保存古迹，民国九年[1]佛殿圮坍后，因此各界商议，决定打倒大佛。当时南区的警察所长是个大胖子，凤凰县人，人大心细，身圆姓方，性情恰恰

① 民国九年：1920年。

如吉诃德先生的仆人，以为这是一件极有意义的工作，就亲自用揪头去掘佛头，并督率警士参加这种工作。事后向熟人说：“今天真作了一件平生顶痛快事情（不说顶蠢事情），打倒了一尊五百年的偶像。人说大佛是金肝银肠朱砂心，得到它岂不是可以大发一笔洋财？那知道打倒了它，什么也得不到。肚子里一堆古里古怪的玩意儿，手写的经书，泥做的小佛，绸子上画花——鬼知道有什么用，五百年宝贝，一钱不值。脑子里装了六十担茶叶，一个茶叶库，一点味道都没有，谁都不要，只好堆在坪里，一把火烧掉。”把话说完时，伸出两只蒲扇手：“狗肏的，一把火烧完了，痛快。”总而言之，除了大殿，当时能放火烧的都被这位开明警察所长烧了。保存得上好的五百卷手抄本经卷和五彩壁画的版子，若干漆器的佛像，全烧光了。大佛泥土堆积如一座小山。这座山的所在处，现在本地年青人已经不大知道了。当地毁去了那么一座偶像，其实却保存另外一个活偶像。城里东门大街福音堂里，住下一个基督教包牧师，在当时是受本城绅士特别爱护尊敬的。受尊敬的原因，为的是当时土匪不敢惊动洋人。有时城中绅士被当作肥羊吊去时，无从接头，这牧师便放下侍奉上帝神圣的职务，很勇敢慷慨深入匪区去代人说票。离县城三十里的西望山，早已成为匪区，有枪兵一排人还不敢通过，大六月天这位牧师去避暑，却毫不在意，既不引起众人对于这个牧师身分的怀疑，反而增加这个牧师在当地“所向无敌”的威信。这事说来已二十年，上帝大约已把那牧师收回天国，也近于一篇故事了。

二十年来本地绅士半数业已谢世，余下的都渐渐衰老了，子侄辈长大成人，当前问题恐不是毁佛学道，必是如何想法不让子侄辈向西北走。担心的并不是社会革命，倒是家庭革命。家庭一革命，作严父作慈母两不讨好。

芷江的绅士多是地主，正因为有钱，因此历来受两重压迫——土匪和外来驻防剿匪军。两者的苛索都不容易侍候，因此性情特别温和。近年来一切都不同了，最大的压迫，恐怕是自己家里的子女“自由”。子女在外受教育的多，对于本地是一种转机，对于少数人，看来却似乎是一种危机。

广西民政厅厅长邱昌渭先生，是这个地方人。

芷江大桑和蚕种都相当好，白蜡收成也极可观。又出产好米，西旺山下有一种特别玉腰米，作饭时长到五分。此外桃子和冬菌，在湖南应当首屈一指。可是当地农校林场却只能发现些不高不矮的洋槐树、黄金树。稻种改良，蚕桑推广，蜡虫研究和果木栽培，都不曾作，作来也无良好成绩可言。这就要后来者想办法了。后来者可作的事正多。

由芷江往晃县，给人的印象是沿公路山头渐低渐小，山上树木转密蒙。一个初到晃县的人，爱热闹必觉得太不热闹，爱孤僻又必觉得不够孤僻。就地形看来，小小的红色山头一个接连一个，一条河水弯弯曲曲的流去，山水相互环抱，气象格局小而美，读过历史的必以为传说中的古夜郎国，一定是在这里。对湘西人民生活状况有兴味的人，必立刻就可发现当地妇女远不如沅陵妇女之勤苦耐劳而富于艺术爱好。妇女比例数目少一点，重视一点，也就懒惰一点。男子呢，与产烟区域的贵州省太接近，并且是贵州烟转口的地方，许多人血里都似乎有了烟毒。一瞥印象是愚，穷，弱。三种气氛表现在一般市民的身上，服饰上，房屋建筑上。

晃县的市场在龙溪口。公路通车以前，烟贩、油商、木商等客人，收买水银坐庄人，都在龙溪口作生意。地方被称为“小洪江”，由于繁荣的原因和洪江大同小异。地方离老县城约三里，有一段短短公路可通行，公路上且居然还有十多辆人力车点缀，一里两毛，还是求过于供。主顾最多的大约是本地土娼，因为奔跑两处，必需以车代步，不然真不免夜行多露，跋涉为劳。

烟土既为本地转口货大宗生意，烟帮客人是到处受欢迎的客人，护送烟帮出差军人为最好的差事，特税查缉员在中国公务员中最称尽职。本地多数人的生存意义或生存事实，都和烟膏烟土不可分。因之令人发生疑问，假若禁烟事对于禁吸禁运办法实行以后，这地方许多人家许多商务如何维持？也许有人真那么想到，结果却默然无言。

四月里一个某某部队过路，在河西车站边借了一个民居驻防，开拔后，屋主人去清察房屋，才发现有个兵士模样的男子，被反缚两手，胸脯上戳了三刀，抛在粪坑边死了。部队还是当天开拔的。谁作的事，不知道。被杀的是谁？传说是查缉处兵士。官方对于这事只好搁下，保留。过不久，大家一定就忘记这件不愉快事情了。

另外有个烟贩，由贵阳乘车到达，行李衣箱内藏了一万块钱法币，七千块钱烟土印花，落店后，半夜里忽然有人来“检查”。翻了一阵，发现了那个衣箱，打开一看，把那个钱拿跑了。这烟贩不声不响，第二天就包赁一辆汽车回转贵阳。好像一抢便已完事。县知事不知道是谁作的事，烟贩倒似乎知道，除老乡外别无他人，只是不说。君子报仇三年，冤有头，债有主，不用官家麻烦。

两件事都发生在车站近旁，所谓边境，从这两件事情上可知道一二。边境的悲剧或喜剧，常常与烟土有密切关系。

边境有边境古风，每夜查铺子共计警务人员四位，高举扁方纸糊灯笼，进门问问姓氏，即刻就走了。查铺子的怕“委员”，怕“中央”，怕“军人”，怕以及许多许多，灯笼高举各家走去为的是尽职。更主要的还是旅客必需将姓名注上循环簿，旅馆用完时好到警局去领，每本缴三毛法币。

就市价估计，成本约一毛五分。

小公务员还保留一种特别权利，在小客栈中开一房间，叫两个条子打麻将取乐，消遣此有涯之生。这种公务员自然也有从外路来到此地，享受这种特别权利的。总之多数人都认为这是一种权利，一种娱乐，不觉得可羞，所以在任何地方都可见到。

本地入口货销行最好的是纸烟。许多普通应用药品，到这地方都不容易得到，至于纸烟，无不应有尽有。各种甜咸罐头也买得出。只是无一个书店，可知书籍在这地方并无多大用处。

经营最古职业的娘儿们多数身子小小的，瘦瘦的，露出睡眠不足、营养不足的神气，着短衣大脚裤，并在腰边系一粉红绸巾，会唱小曲，也会唱军歌、抗战歌，因为得应酬当地军警政商各界，必需懂流行的歌曲。世人常说妓女生活很苦，大都会中妓女给人的印象的确很苦，每日与生活挣扎，受自然限制，为人事挫折，事事可以看出这小小边城妓女与其说是在挣扎生活，不如说是在混生活。生存是无目的的，无所谓的，正与若干小公务员、小市民极其相同，同样是混日子，迷迷胡胡混下去，听机会分派哀乐得失，在小小生活范围内转。活时，活下去；死了，完事。“野心”在多数人生活中都不存在，“希望”也不会存在。航空奖券和百龄机发卖地方相去太远，对于这类人的刺激也无多大意义。若说这些妇女可悯，公务员和小市民同样可悯。这是传说中的古夜郎国，可是到如今来“自大”两字也似乎早已消灭了。

多数人一眼望去都很老实，这老实另一面即表现“愚”与“惰”。妇人已很少看到胸前有精美扣花围裙，男子雄纠纠担着山兽皮上街找主顾的也不多见，贵州人在这里势力特别大，由于烟土是贵州省运来的。

妇人小孩，都患瘰疬[①]，营养不良是一般人普遍现象。

木材在这里不大值钱，然而处置木材的方式，亦因无知与懒惰，多不得其法，这事从当地各式建筑就可见出。

湖南境的沅水到此为止，自然景物到此越加美丽，人事无章次处也就到此越加显著。正如造物者为求均衡，有意抑彼扬此，恰到好处。本地见出受战事影响，直接使本地人受拘束，在改造，有变化的，是壮丁训练。每早上六点钟左右，汽车西站旁大坪里就有个老妇人筛锣示众，告大家应当起床，于是来了一个着军服的年青人，精神饱满，挟了三四个薄薄本子（唱歌的抄本），吹嘟哨集合，各处人家于是走出二十来个大小不等、制服不齐的候补壮士，在坪里集合点名，训话后即上操，唱歌。大约训练工作还不久，因此唱歌

① 瘰疬（luǒ lì）：俗称“疬子颈”“老鼠疮”。颈项结核累累如串珠的疾病。

得一句一句教。教者十分吃力，学者对于歌中意义也不很懂。而且许多歌都是城里人编的，实在不大好听，调子又古怪难记，对于乡下人真是一种“训练”。若把调子编成沅水流域弄船摇橹人打呼号的声音，一定好听得多，易学得多了。可是这个指导训练工作人员，在本地却是唯一见出有生气、有朝气的青年。地方一切会在他们努力下慢慢改变过来的。青年之觉醒是必然的。

十五年前在沅水上游称一霸，由教学先生而变为土匪，由大王而变为军人，由司令而变为……外县人来到晃县，提出这个人的名字时，如今尚可以听到许多故事。这人名姚继虞，就是晃县人。十年前又有个北京农科大学毕业生，领导两万武装农民，入城示威，清党时死于芷江南城城门前。这人名唐伯赓，也是晃县人。

浮云游子意

天安门前①

近几年来，我因工作关系，无论风晴雨雪，每天早晨、晚间都得进出天安门几次。可是试想拿起笔来写写天安门，倒不知从何说起了。

三十年前到北京来观光的人，在城郊各处都常有机会看见成串的骆驼队伍，从容不迫地在灰尘扑扑的道路上前进。每只骆驼背上必驮载两大袋杂粮或煤块。末尾照例还有只小骆驼押队，颈脖下悬个筒子形大铁铃，走动时当当地响。这些铃铛大致是世代相传，经历了许多年月风霜，声音有些已经哑沙沙的了。若机会凑巧，还可看到一种用两只骆驼组成的驼轿，一前一后斜斜的排着，抬着个大木轿笼，摇摇晃晃地走着，它也许正从蒙古、热河长途远道前来，恰好停顿在城外一个店铺前边。那店铺门口屋檐前挂有一块“某某镖局”的招牌。原来《七侠五义》《小五义》中提起的镖

① 本篇发表于1956年7月9日《人民日报》。

客，还有人在继承事业，又还有主顾上门求教。这个古老城市里，当时就还留下许多这类古老社会的标本。有的属于两百年前的，有的属于七八百年前的。骆驼队本来是沙漠中的舰队，在市中心的天安门前发现时，就更加显得这个城市的古老。当时北京电车开行还不多久，若遇骆驼队伍横贯马路时，电车司机照规矩还得暂时停车，等待一会儿，像是人人都得承认这是八百年前北京建都以来的成员，对待它们应当表示一点客气或尊重。

在天安门前的，还有青年学生、工人、市民，在这里举行示威游行前的集会。“五四”“三一八”“五卅”“九一八”……除了这些大的登报上书的集会以外，还经常有小规模的，每次虽然不过两三千人，或七八百人，已使得旧军阀官僚感到头疼心烦不好办。因此天安门前有一时曾经各处都种满了白丁香和黄刺玫，不知道的还以为军阀官僚在美化旧都，事实上原来只是有意把广场面积缩小，消极防止爱国青年的示威活动。

三十年来，北京城经历过了许多重大事变，终于解放了。天安门成了人民争取持久和平的象征，共同努力走向幸福美好生活的象征。每逢节日，几十万群众集会游行已成平常事情。时代不同了，骆驼队伍再不容易在这里出现了。现在什么人想看看这神气庄严、体魄壮伟、耐劳负重的生物，大致得到南口居庸关一带，才有机会偶然碰上。至于住在北京市的小朋友们呢，将来只有到动物园或地志博物馆去，才有希望知道真正的骆驼究竟是什么样子，并且明白成串骆驼由长城外来到北京的种种情形。北京动物园如今若还没有骆驼的位置，我建议不妨加入两三只，并且把它们祖先两千年前就经常载运了各种重要物资，横贯西北大沙漠，对于沟通中原和西域各民族关系，以及在中西文化交通史方面所作的伟大贡献和二千年来在华北一般交通运输中所起的重要作用，加以适当的说明。更好的自然是将来地志博物馆陈列中表现城乡关系时，能够把三十年前成串骆驼在暮色沉沉时通过天安门前的景象和解放后几十万群众在这里看五色焰火上冲霄汉、歌舞狂欢的景象，作一个显明对比，可见出两个时代，两种社会，如何截然不同。

天安门前大路上，成串骆驼迈着大方步过路，这种古色古香的，同时也是暮气沉沉的时代，已经完全结束了。代表今天、象征明天的各种新事物，却在不断出现。天安门大白石桥、石狮子前边，我们经常都可发现一群年纪四五岁的小朋友，两颊红都都的，双双拉着手排队上公园去，随着阿姨的指点，一齐暂时停下来欣赏面前那个高大的天安门楼，欣赏毛主席六年前站到那上面向中国人民、向全世界宣布“中国人民站起来了”的那个地方。这个庄严壮丽的大门楼背后，正衬着一片透蓝的天空，一群白鸽子和银星点子一样，在这个蓝空天幕下绕着门楼回旋飞翔。回过头向南边望望，人民英雄纪念碑大棚架已经撤去，全部工程过不久就要完成了。要使得这个纪念碑更加庄严好看一些，扩大四周空地，更新的待施工的建筑群蓝图，应当已经在准备中。

前一代的流血牺牲，为这一代青年学习和工作开辟了无限广阔平坦的道路；这一代的勤劳辛苦，又正在为幼小一代创造更加幸福美好的环境。全中国人民——老年、壮年、青年和儿童，就活在这么一个新的社会中。革命纪念碑全部落成后，夏天黄昏时节，会经常有各种音乐团体，来在纪念碑前边石台上，向市民举行公开演奏会；在这里我们不仅可听到热情优美的民间音乐，还有希望可听到世界各国伟大作曲家最健康悦耳的音乐。到三个五年计划完成时，天安门前的广场，可能已经完全改变了样子，所有看台都用汉白玉石作得整整齐齐，纪念碑附近已展开极宽，四周六七层高的新建筑群，也大部分用汉白玉石装饰，作得十分华美。这里是革命博物馆，那里是祖国自然资源馆，第三是民族文化馆，第四是工业建设馆，第五是……到晚上，这些大型建筑物里边，都光亮得和大白天一般，有万千游人进出。纪念碑前却有了二十丈大的巨型新式银幕，用电视方法，放映国家歌舞剧院正在上演的音乐舞蹈节目，免费供给三万市民群众欣赏。也还会看见成串骆驼，正在慢慢地从天安门前边走过，而且押队的那只小骆驼，颈脖下那个铃铛，依旧当当地响着，把多数人暂时都吸引到半世纪前北京旧风景画中去。原来这是历史博物馆在用电视教育回述天安门前的种种历史！

春游颐和园[1]

北京建都有了八百年历史。劳动人民用他们的勤劳和智慧，在北京城郊建造了许多规模宏大建筑美丽的宫殿、庙宇和花园，留给我们后一代。花园建筑规模大，花木池塘富于艺术巧思，设备精美在世界上也是特别著名的，是二百多年前乾隆时在西郊建筑的“圆明园”。这个著名花园，是在九十多年前就被帝国主义者野蛮军队把园里面上千栋房子中各种重要珍贵文物及一切陈设大肆抢劫后，有意放一把火烧掉了的。花园建筑时间比较晚的，是西郊的颐和园。部分建筑乾隆时虽然已具规模，主要建筑群却在一百年前才完成。修建这座大园子的经济来源，是借口恢复国防海军从人民刮来的几千万两银子，花园作成后，却只算是帝王一家人私有。

直到北京解放，这座大花园才真正成为人民的公共财产。颐和园的游人数字是个证明：一九四九年全年游人

① 本篇发表于1956年4月22日《旅行家》第4期。

二十六万六千八百多，一九五五年达到一百七十八万七千多人。二十年前游颐和园的人，常常觉得园里太大太空阔。其实只是能够玩的人太少，所以到处总是显得空空的。颐和园那条长廊，虽然已经长约三里路，现在每逢星期天游人就挤得满满的，即再加宽加长一两倍，怕也还是不够用。

春天来，颐和园花木都逐渐开放了，每天除了成千上万来看花的游人，还有许多自城郊学校的少先队员，到园中过队日郊游，进行各种有益身心的活动。满园子里各处都可见到红领巾，各处都可听到建设祖国接班人的健康快乐的笑语和歌声。配合充满生机一片新绿丛中的鸟语花香，颐和园本身，因此也显得更加美丽和年青！

凡是游颐和园的人，在售票处购买一册介绍园中景物的说明书，可得到极多帮助。只是如何就可用比较经济的时间，把颐和园重要的地方都逛到呢？我想就我个人过去几年在这个大园子里转来转去的经验和园子里建筑花木在春秋佳日给我的印象，提出一点游园的参考意见。

我们似可把颐和园分成五个大单位去游览。

第一是进门以后的建筑群，这个建筑群除中部大殿外，计包括东边的大戏楼和西边的“乐寿堂”，以及西边前面一点儿的“玉澜堂”。“玉澜堂”相传是光绪被慈禧太后囚禁的地方，院子和其他建筑隔绝自成一个小单位。到这里来的人，还可从入门口的说明牌子，体会到近六十年历史的一鳞一爪。参观大戏台，得往回路向东走。这个戏台和中国近代歌剧发展史有些联系，六十年以前，中国京戏最出色的演员谭鑫培、杨小楼，都到这台上演过戏。戏台上下分三层，还有个宽阔整洁的后台和地下室，准备了各种机关布景。例如表演孙悟空大闹天宫，或白蛇传水漫金山寺节目时，台上下到必要时还会喷水冒烟。演员也可以借助于技术设备，一齐腾空上升，或潜入地下，隐现不易捉摸。戏台面积比看戏的殿堂大许多，原因是这些戏主要是演给帝王和少数贵族官僚看的。演员百余人在台上活动，看戏的可能只三五十人。社会在发展中，六十年过去了，帝王独夫和这些名艺人都已死去。为人民爱好的艺术家的绝艺，却继续活在人们的记忆中，及后辈热忱的学习发展中。由大戏楼向西可到“乐寿堂”。这是六十年前慈禧做寿的地方。颐和园陈设中，有许多十九世纪显然见出半殖民地化的开始的恶俗趣味处，就多是当时在广东、上海等通商口岸办洋务的奴才，为贡谀祝寿而作来的。也有些是帝国主义者为侵略中国的敲门砖。还有晚清一种黄绿釉绘墨彩花鸟，多用紫藤和秋葵作主题，横写“天地一家春”的款识的大小瓷器，也是这个时期的生产。“乐寿堂”庭院宽敞，建筑虽不特别高大，却显得气魄大方。本院和西边一小院，春天时玉兰和海棠都开得格外茂盛。

第二部分是长廊全部和以“排云殿”“佛香阁”为主体，围绕左右的建筑群。这是目下全个园子建筑最引人注意部分，也是全园的精华。有很多建筑小单位，或是一个四合院，或是一组列房子，布置得都十分讲究。花木围廊，各具巧思。但是从整体或部分说来，这个建筑群有些只是为配风景而作的，有些宜近看，有些只适合远观。想总括全部得到一个整体印象，得租一只小游船，把船直向湖中心划去，再回过头来，看看这个建筑群，才会明白全部设计的用心处。因为排云殿后面隙地不多，山势太陡，许多建筑不免挤得紧一点。如东边的琼岛春阴转轮藏，西边的另一个小建筑群，都有点展布不开。正背后的佛香阁，地势更加迫促。虽亏得聪明的建筑工人，出主意把上佛香阁的路分作两边，作“之”字形盘旋而上，地势还是过于迫促。更向西一点的“画中游”部分建筑，也由于地面窄狭，作得格外玲珑小巧。必需到湖中看看，才明白建筑工人的用意，当时这部分建筑，原来就是为配合全山风景作成的。船到湖中心时向南望，在一平如镜碧波中的龙王庙和十七孔虹桥，都若十分亲切的向游人招手：“来，来，来，这里也很有意思。”从这里望万寿山，距离虽远了点，可是把那些建筑不合理的印象也忽略了。

第三部分就是湖中心那个孤岛上的建筑群，“龙王庙”是主体。连接龙王庙和东墙柳阴路全靠那条十七孔白石虹桥，长年卧在万顷碧波中，背景是一片北京特有的蓝得透亮的天空，真不愧叫作人造的虹。这条白石桥无论是远看，近看，或把船摇到下边仰起头来看，或站在桥上向左右四方看，都令人觉得满意。桥东岸边有一只铜牛，是两百年前铸铜工人的创作。

第四部分是后山一带，建筑废址并不少，保存完整的房子却不多。很显明是经过历史事变的痕迹没有修复过来。由后湖桥边的苏州街遗址，到上山的一系列殿基，直到半山上的两座残塔，据说也是在圆明园被焚的同时毁去的。目下重要的是有好几条曲折小山路，清静幽僻，最宜散步。还有好几条形式不同的白石桥和新近修理的赤栏木板桥，湖水曲折地从桥下通过，划船时极有意思。

第五部分是东路以“谐趣园”为中心的建筑群，靠西上山有“景福阁”，靠北紧邻是“霁清轩”。这一组建筑群和前山后山大不相同，特征是树木比较多，地方比较僻静。建筑群包括有北方的明敞（如景福阁）和南方的幽趣（如霁清轩）两种长处。谐趣园主要的部分是一个荷花池子，绕着池子有一组长廊和建筑。谐趣园占地面积不大，那个荷花池子，夏天荷花盛开时，真是又香又好看。欢喜雀鸟的，这里四围树林子里经常有极好听的黄鸟歌声。啄木鸟的声音也数这个地区最多。夏六七月天雨后放晴时，树林间的鸟雀欢呼飞鸣，更是一种活泼生机。地方背风向阳处，长年有竹子生长。由后湖引来的一股活水，到此下坠五公尺，因此作成小小瀑布，夏天水发时，水声哗哗，对于久住北方平地的人，看到这些事物引起的情感，很显然都是新的。“霁清轩”地位已接近园中后围墙，建筑构造极其别致，小院落主要部分是一座四面明窗当风的轩，一株盘旋而上的老松树，一个孤立的亭子，以及横贯院中的小小溪流。读过《红楼梦》的人，如偶然到了这个地方，会联想起当年书中那个女尼妙玉的住处。还有史湘云醉眠芍药茵的故事，也可能会在霁清轩大门前边一点发生。这个建筑照全部结构说来，是比《红楼梦》创作时代略早一点。有人到过谐趣园许多次，还不知道面前霁清轩的位置，可知这个建筑的布置成功处。由谐趣园宫门直向上山路走，不多远还有个“乐农轩”，虽只是平房一列，房子前花木却长得极好。杏花以外丁香、梨花都很好。“景福阁”位置在半山上，这座“亚”字形的大建筑，四面窗子透亮，绕屋平台廊子都极朗敞。遇着好机会，我们可能会在这里看到一些面孔熟悉的著名文艺工作者，电影、歌剧、话剧名演员……他们也许正在这里和国际友人举行游园联欢会，在那里唱歌跳舞。

颐和园最高处建筑物，是山顶上那座全部用彩琉璃砖瓦拼凑作成的无梁殿。这个建筑无论从工程上和装饰美术上说来，都是一个伟大的创作。是近二百年前的建筑工人和烧琉璃窑工人共同努力为我们留下的一份宝贵遗产。在建筑规模上，它并不比北海那一座琉璃殿壮丽，但从建筑兼雕塑整体性的成就说来，无疑和北京其他同类创作，如北海及故宫九龙壁、香山琉璃塔等等，都值得格外重视。上山的道路很多：欢喜热闹不怕累，可从排云殿后抱月廊上去，再从那几百磴“之”字形石台阶爬到“佛香阁”，歇歇气，欣赏一下昆明湖远近全景，再从后翻上那个琉璃牌楼，就到达了。欢喜冒险好奇的，又不妨从后山上去。这一路得经过几层废殿基，再钻几个小山洞。行动过于活泼的游客，上到山洞边时，头上脚下都得当心一些，免得偶然摔倒。另外东西两侧还有两条比较平缓的山路可走，上了点年纪的人不妨从东路上去。就是从景福阁向上走去。半道山脊两旁多空旷，特别适宜于远眺，南边是湖上景致，北边园外却是村落自然景色，很动人。夏六月还是一片绿油油的庄稼直延伸到西山尽头，到秋八月后，就只见无数大牛车满满装载黄澄澄的粮食向合作社转运。村庄前后也到处是粮食堆垛。

从北边走可先逛长廊，到长廊尽头，转个弯，就到大石舫边了。除大石舫外，这里经常还停泊有百多只油漆鲜明的小游艇出租。欢喜划船的游人，手劲大，可租船向前湖划去，一直过西峰腰桥再向南，再划回来。比较合适的是绕湖心龙王庙，就穿十七孔桥回来。那座桥远看只觉得美丽，近看才会明白结构壮丽，工程扎实，让我们加深一层认识了古代造桥工人的聪明和伟大。船向回划可饱看颐和园万寿山正面的全部风景，从各个不同角度看去，才会发现绕前山那道长廊和长廊外临水那道白石栏杆，不仅发生单纯装饰效果，且像腰带一样把前山建筑群拢在一起，从水上托出，设计实在够聪明巧妙。欢喜从空旷湖面转入幽静环境的游人，不妨把船向后湖划去。后湖水面窄而曲折，林木幽深，水中大鱼百十成群，对小船来去既成习惯，因此也不大存戒心。后湖在秋天里在一个极短时期中，水面常常忽然冒出一种颜色金黄的小莲花，一朵朵从水面探头出来约两寸来高，花不过一寸大小，可是远远的就可让我们发现。至近身时我们才会发现花朵上还常常歇有一种细腰窄翅黑蜻蜓，飞飞又停停。彼此之间似相识又似陌生。又像是新认识的好朋友，默默地又亲切地贴近时，还像有些腼腆害羞。一切情形和安徒生童话中的描写差不多，可是还更美丽一些，一时还没有人写出。这些小小金丝莲，一年只开花三四天，小蜻蜓从湖旁丛草间孵化，生命也极短暂。我们缺少安徒生的诗的童心，因此也难更深一层去想象体会它们短暂生命中的悦乐处。见到这种花朵时，最好莫惊动采折。由石舫上山路，可经过“画中游”，这部分房子是有意仿造南方小楼房式做成，十分玲珑精致，大热天住下来不会太舒服，可是在湖中却特别好看。走到“画中游”才会明白取名的用意。若在春天四月里，园中好花次第开放，一切松柏杂树新叶也放出清香，这些新经修理装饰得崭新的建筑物，完全包裹在花树中，使得我们不能不对于创造它和新近修理它的木工、瓦工、彩画油漆工，以及那些长年在园子里栽花种树的工人，表示敬意和感谢。

颐和园还有一个地区，也可以作为一个游览单位计算，就是后山沿围墙那条土埂子。这地方虽近在游人眼前，可是最容易忽略过去。这条路是从谐趣园再向北走，到后湖尽头几株大白杨树面前时，不回头，不转弯，再向西一直从一条小土路走上小土山。那是一条能够满足游人好奇心的小路，一路走去可从荆槐杂树林子枝叶罅隙间清清楚楚看到后山后湖的全景。小土埂上还种得好些有了相当年月的马尾松，松根凸起处，间或会有一两个年青艺术家在那里作画。地方特别清静，不会有人来搅扰他的工作。更重要还是从这里望出去，景物凑紧集中，如同一个一个镜框样子。若是一个有才能的画家，他不仅会把树石间色彩鲜明的红领巾，同水上游人种种活动，收入画稿，同时还能够把他们表示新生生命的笑语和歌声同样写入画中。

游二闸[①]

到晚来，料不到的是天会骤变。天空响雷，催来了急雨，人坐在灯下，听到院中雷声雨声的喧闹，像是两人正在那里争持一种两可的意见，怀想着二闸及二闸一切，正因为有雨声雷声，人反而更觉寂寞了。

这时的二闸，是不是也正落着像有人在半空用瓢浇下的雨？是使人关心的事。无论雨是落到了二闸与否，凡是日间在闸下，那些赤精了身体，钻到水瀑下而去摸游客掷下铜子的小孩，想来大概都全回家了。家中有着弟妹的，或者还正将着日间从水里摸到的铜子，炫耀给那弟弟妹妹看。弟妹伸手要，但不成，“这是自己的”，于是，抱在妈的手上的孩子哭了。于是，作母亲的赏哥哥一掌，于是也哭。从这种推想下，我便依稀听到一种急剧的短而促的孩子的哭声，深深悔我当时的吝啬。在我多掷下铜子数枚，不过少坐一趟

① 本篇发表于1927年9月28日、29日、30日《晨报副刊》，署名沈从文。据《晨报副刊》编入。

车，在别人家庭，不是就可以免掉那不必起的争端么？也许其中有那缺少父母瞻依的孤儿，这时就正把从我们手下得来的铜子，向小铺子买了烧饼在那庙门下嚼吧。也许在这些孩子当中，有着那病瘫的母亲，其中孩子的一个，这时就正在他母亲炕前跪着呈奉那一枚铜子，领受那病人瘦手在脸部抚摩吧。也许有空手转家去的孩子，到家时，正为父亲责着，说是生来无用抢不得一钱，挨着骂，低头在灶边吃窝窝头。也许还有用这钱供家中赎当。……在各式各样的想象下，都使我悔不多给这些孩子一点钱。我且奇怪起我自己来，为什么当时明见到这些人伸手，就能毅然不理且装着滑稽口吻向这些人连说回头见！若这些孩子，这时还能想到游客中的我们，对于希望的不足，对我有抱怨意思，也是自然而且应该的事情。因为我就把这愤怨常常抛给到世上许多人头上，尤其是女子。那些孩子没有得到不相干人的钱，同我在许多不相干的世人面前没有得到爱情温暖一个样，只是孩子或者还不懂怨人。

孩子们，对这雷雨是喜悦还是忧愁？也使我关心。落了雨，瀑益大，来二闸玩看瀑的人当益多，则可以从各种娱乐游客的技艺中多得些铜子，看来孩子们，便应高兴庆祝互相感谢这天气的骤变了。

然而一落雨，河里的水当更冷，天气已近到深秋，适宜于裸着身子在瀑下钻来爬去的期间似乎已过去，纵有多数游人乐于把钱掷到瀑里去，下水淘摸不已变成一件苦事么？并且，跟着这秋来的便是那能将一切凝成冰冻的冬天，到了瀑水溪河全结了薄冰，以后这些孩子们，又将什么来自乐兼以供游二闸人发笑？推冰车冰船吧，这又不是一个不到十二岁以上的孩子们的事。如果这时我还有那往游二闸的兴趣，大概见着他们就都只是三三两两住在二闸左右的人家，似乎站在那闸堤边旁缩成一团很无聊的望那冬景了。没有一个是称得起为中产小康的，那萧条景色，到春天还没有能改变过来，这些孩子们，自然也不会有受教育机会了。运河恢复清以来旧观，已是本地人所不敢梦想的事，二闸纵有着一点空名足以在春夏二季吸引一些好事的人的游踪，然二闸在天然淘汰下，亦只有日复萧条的一法了！这些孩子，眼见的还有着那比他更小的一辈，是正在那极力的向上，学着泅水学着打氽子[①]，以图来年夏季的发财，大一点的，将渐渐长大，若不与做农相宜，总是仍然在划船、赶骡两种事业上找到他的终身浪荡生活，但小一点的，到可以从高堤坎上翻筋斗下掷的年龄，又来供谁开心？并且，那新补了父兄划船事业的纤手舵手青年男子，对于他的事业是不是还能像今天那掌舵汉

① 打氽子指潜入水中。

子对于生活的乐观？到那时，船上所载的，总不外乎粪肥稻草干柴芦苇束之类，要再像此时的白脸新衣的学生，花两毛钱的用费，到这船上来嗅着微臭的空气，把船在这从北京流出的阳沟水面上缓缓的驶行，是办得到的事么？……

单是从一个小小地方着想，思量到国内许多种人许多事业，在社会进化程序中得到的消沉灭亡的结果情形，又见到这一类人无可奈何的只能在这旧的事业上在这一块小地方，造成他自己终生的命运，心是为着一种异样惨戚所浸溺，觉到要哭了。

到了二闸玩一天，要像许多许多人，记那一个城里人下乡的记录，且夸饰着说是秋来天色草木如何如何美，这在我是不可能的事。北京的天气，是不拘何时都很容易见到那种四望无边如同一块月蓝竹布天幕的，今天则似乎这竹布是从一个大学生的大衫上裁下（尤其是这个学生所选功课是理科），因为好些处所是镶嵌着别的颜色如像浅灰爱国布的补疤以及俨然为实验室内酸类所蚀的白色痕迹的。因为昨夜的雨把空气滤过一道，空中无灰尘，所以有微风，人也不难受。公寓中房偏东，太阳早上晒不着，觉颇冷，一出城，则疑心这是春天刚完的初夏，背当着太阳，就渐次的发热了。

沿着铁轨从崇文门到东便门，又沿着运河从东便门到了二闸，是用脚走去的；陪着我走的，有也频[1]同频的伴，我们在今年来算是这次顶走得远的散步了。在另一个时期中，我能负背囊全套及子弹二十八排，另外加扛一枝曼里夏五响枪每日随到大队走八十里路，并且一连是六天，把我自己的身体以及一个头等兵的家业从我本乡运到川东去。这事情，在近来谈及，真是不知不觉就要采用一点骄傲朋友兼自炫其英雄的口气了，因为自从来到北京后，我的生活只给了我在桌边尽呆的机会，按照那“一种能力久久不用便归消灭”的一条自然规律，我的行路本事在我自己看来就已为早全失去了。“架实一点走直路”，我将说，我到此以后，有洋车可坐，脚已走不动路了，这从我自己试验可得，有些时节由银闸东头到北头吃饭，我真乐意花八个子儿去坐车。不过今天居然走到了二闸，腿膝又还似乎并不十分倦，我又觉得在我还不至于如那剃了头发的。

多少我总还保留到一些旧日的本领！

走到了，一切同前年，水同两岸的房子，全是害着病一样。若是单把这些破旧房子陈列在眼前，教人分不出时季，冬天这些门前也是有着那粪肥味与干草味，小小的成群飞着的虫子，则似乎至少是在春夏秋三个节候里都还全存在。光

① 也频：指胡也频，中国现代作家。

身的蹲在补锅匠的炉边看热闹的小孩子，见了人来就把眼睛睁得多大来看这不认识的体面的来客。船夫在我们身上做起小小的欲望的梦了。赶骡人在我们身上做起梦来了。孩子们有些本来披着衣服在闸上蹲着望水的，开始脱下一切沿着那堤坎旁边一株下垂的树跳下水去了。因了我们来此至少有着二十个人做着发小洋财的好梦，这些梦，在脸上，在各人和蔼的话语里，在一切欢迎空气中，都可以看出。

在闸边少呆一会，于是便有很有礼貌的孩子挨到身边来，说有一毛钱，便可以从这三丈高的堤上下掷到水中。那我们并不需要瞧的。于是这人又致词，说是把钱掷到瀑下去，哥儿们能找。频如其议试掷了一钱，即刻便为一个猴儿小子把钱用口含着了。再掷了一钱，便又可见到这四个五个如同故事上所传海和尚一样的孩子钻进瀑下去即刻又出来。

“先生你把你那银角子旋下，呆会儿，大家就全下水了。”

全下水，总有二十个以上吧。一枚铜子有四人竞争，一枚银角便有二十人抢夺，从这里我可以了解钱在此地的意义。十个二十个人全下水，万一因抢夺不已，其中一个为水所淹没，怎么样？为了莫太使那大一点的狡猾的孩子得意，频虽身边有钱也不掷。但为了莫过给那不中用的人失望，在无意中我把钱却抛到较浅水中去，待到顶小那一个口中也含着一枚铜子时，我们跳上回头的船了。

我们是还为他们带了一些欢喜来，这是我们先前所想不到的。但是像这种天气，能够从城中为二闸的人带些小小幸福来，已像是人却很少了。因此到了那铁桥边遇到第二批前去四个男女学生模样的人时，我就为那些孩子高兴。

“怎么二闸这样荒凉地方也值得人称道？”

这疑惑，在我心上咬，如同陶然亭一样，我真不明白。此时得我们的舵公给了一个详确解释了。

这中年老者，一面不忘用两手措着那可怜舵把——舵把用“可怜”字样，不是我夸张，我总疑心那是别个人家废辘轳上一段朽木头。——他说道：

“先前，热闹虽没有，但并不荒凉，来这玩的多着啦。”

“怎么来？”我问，想得到这原由。“说不定这又同三官庙、鹦鹉冢一样，乃是有着公主或郡主属于女子一类艳闻传衍而来的。”我心想。

话匣子，先是只揭去封条，如今可为我给揎开盖子了。除了用一些话帮助他叙述下去以外，我们用手扶着船棚架子只是静静听，若路线有二闸到大通桥两倍长，将把其余许多故事全给不花一个大子儿听来了。

从他口中我们才知道以前运粮大船长十来丈，一些生长在北方的老乡单为看船也就有走到二闸一趟的需要了。那时内城既尚为“闲人免入”，其他如同戏场市场天桥那种地方又全不曾有，所以把喝茶一类北方式的雅兴全部寄托到这运河中段的二闸，也是自然的结果。

因此我们又才明白二闸赋予北京人的意义且寓雅俗共赏的性质，比之陶然亭，单在适于新旧诗迷作诗又大不同了。

关于这运河，那老者说这于清室也还有一种用意，何以必得拨来拨去？从通州到此还得拨粮五次才入京，比陆路更费，然而为了这里的闲人算计，使之既不会因无工而缺食，又不至徒邀恩而懒废，故这河到京奉路通以后还有物可运。清朝退了位，就没有人想到此事了。这里老者对于满人政治手段当然同了意，可没有说到这一批船户一批靠运河吃饭的人改业的以后怎样，但从靠接送游人的船生意萧条上着想，也就可想而知随了地方的衰败以后凋落不少门户了。我略一闭目，就似乎见到一只八丈九丈长的崭新运粮船从后面撑来，同我们的船并排前进，一枝高高的桅子竖起，拉船是用一百个纤手；这些纤手多穿着新蓝布长衫，头上是红缨帽子，有些还配带肩袋，有些还能从容取出身边荷包里的鼻烟壶，倒出一撮褐色颜料向鼻孔捂住。又有一人，在船舷上头站立，这人职位应属于参将一类，穿的衣服戴的帽子都极其鲜明，手上还套了一个碧玉斑子[①]，这人便是我从书上知道的运粮官。又有一个人，穿戴把总衣帽，马蹄袖子反卷起，口上轻轻骂着纯京腔的“混账亡八蛋”，督促着纤夫，这人是正两手把着舵；（舵的把手当然雕刻得是犀牛独角兽那类能够分水的怪兽的头！）这人脸相便是此刻我们船上这位老梢公脸相。河中的水也很清澄了，可以见其中鱼鳖在水藻内追逐。……我到记得分明我们船上也正有着一位同样好看品貌的“舵把子”时，微细的风送来一阵河水的臭味，那大的运粮船便消失了。

我心想，可惜这运粮船也频同到频的伴都无缘能看见，独自己是俨然欣赏一番了，就不觉好笑。也许也频在虚空中所见到的是另一艘式样的船吧，因为当那梢公在述及那大船来去时，也频的眼正微闭，似乎在他自己脑中用着梢公所给的材料，也建筑了一只合于经验的船啊！

用一些无所事事的小孩子，身子脱得精光，把皮肤让六月日头炙得成深褐，露着两列白白的牙齿，狡猾地从水中露出头来讨零钱，代替了大批运粮船来去供人的观览，二闸的寂寞，在那梢公心上骡夫心上都深深的蕴藉着！当我想到这些人，只在天气的恩惠下头得一毛两毛钱，度着无聊无赖的

---

① 斑子：亦作扳指、班指、搬指。象骨或其他兽骨制成，原为套在右手拇指上做射箭勾弦之用，后亦用作装饰品，制作材料亦不限于兽骨。

生活，心上也就觉着有颇深的寂寞了。在今年，我们什么时候再能来到二闸玩？单是记着临上船时那一句“回头见”的话，似乎在最近一个月内我们还应重来一次吧。

“大通桥的鸭子——各分各帮。”

多给了二十枚酒钱，得到了二闸人奉赠的一句土产话。在大通桥下的白色大鸭子，的确像是能够各找到各的队伍，到时便会从容分开的。我们同二闸也分开了。到北京城来，在一些富人贵人得意男女队伍中驻足，我是自觉人是站在另外一边样子的。二闸人倘若有那闲思想，能够想到今天日里来二闸玩的我们，又不知道要以为我们同他那里的世界是距离有多远了。

在这雨声中，这一帮的人念到那一帮的人，同做不经常的梦一样，说不定有人也正把那思念系在我这边！

九月二十二深夜

昆明冬景[①]

新居移上了高处，名叫北门坡，从小晒台上可望见北门门楼上“望京楼”的匾额。上面常有武装同志向下望，过路人马多，可减去不少寂寞！住屋前面是个大敞坪，敞坪一角有杂树一林。尤加利树瘦而长，翠色带银的叶子，在微风中荡摇，如一面一面丝绸旗帜，被某种力量裹成一束，想展开，无形中受着某种束缚，无从展开。一拍手，就常常可见圆头长尾的松鼠，在树枝间惊窜跳跃。这些小生物又如把本身当成一个球，抛来抛去，俨然在这种抛掷中，能够得到一种快乐。一种从行为中证实生命存在的快乐。且间或稍微休息一下，四处顾望，看看它这种行为能不能够引起其他生物的注意。或许会发现，原来一切生物都各有心事。那个在晒台上拍手的人，眼光已离开尤加利树，向虚空凝眸了。虚空一片明蓝，别无他物。这也就是生物中之一种“人”，多数

---

① 本篇发表于1939年2月6日香港《大公报·文艺》，署名沈从文。

人中一种人，对于生命存在的意义，他的想象或情感，目前正在不可见的一种树枝间攀援跳跃，同样略带一点惊惶，一点不安，在时间上转移，由彼到此，始终不息。

敞坪中妇人孩子虽多，对这件事却似乎都把它看得十分平常，从不曾有谁将头抬起来看看。昆明地方到处是松鼠，许多人对于这小小生物的知识，不过是捉把来卖给“上海人”，值“中央票子”两毛钱到一块钱罢了。站在晒台上的那个人，就正是被本地人称为“上海人”，花用“中央票子”，来昆明租房子住家过日子的。住到这里来近于凑巧，因为凑巧反而不会令人觉得稀奇了。妇人多受雇于附近一个织袜厂，终日在敞坪中摇纺车纺棉纱。孩子们无所事事，便在敞坪中追逐吵闹，拾捡碎瓦小石子打狗玩。敞坪四面是路，时常有无家狗在树林中垃圾堆边寻东觅西，鼻子贴地各处闻嗅，一见孩子们蹲下，知道情形不妙，就极敏捷的向坪角一端逃跑。有时只露出一个头来，两眼很温和的对孩子们看着，意思像是要说：“你玩你的，我玩我的，不成吗？”有时也成。那就是一个卖牛羊肉的，扛了方木架子，带着官秤，方形的斧头，雪亮的牛耳尖刀，来到敞坪中，搁下找寻主顾时。妇女们多放下工作，来到肉架边，讨价还钱。孩子们的兴趣转移了方向。几只野狗便公然到敞坪中来，先是坐在敞坪一角便于逃跑的地方，远远的看热闹，其次是在一种试探形式中，慢慢的走近人丛中来，直到忘形挨近了肉架边，被那羊屠户见着，扬起长把手斧，大吼一声“畜生，走开！”，方肯略略走开，站在人圈子外边，用一种非常诚恳非常热情的态度，欣赏肉架上的前腿、后腿，以及后腿末端那条带毛小羊尾巴和搭在架旁那些花油。意思像是觉得不拘什么地方都很好，都无话可说，因此它不说话。它在等待，无望无助的等待。照例向妇人们在集群中向羊屠户连嚷带笑，加上各种“神明在上报应分明”的誓语，这一个证明实在赔了本，那一个证明买下它家用的秤并不大，好好歹歹弄成了交易，过了秤，数了钱，得钱的走路，得肉的进屋里去，把肉挂在悬空钩子上，孩子们也随同进到屋里去时，这些狗方趁空走近，把鼻子贴在先前一会搁肉架的地面，闻嗅闻嗅，或得到点骨肉碎渣，一口咬住，就忙匆匆向敞坪空处跑去，或向尤加利树下跑去。树上正有松鼠剥果子吃，果子掉落地上。“上海人”走过来拾起嗅嗅，有“万金油”气味，微辛而芳馥。

早上六点钟，阳光在尤加利树高处枝叶间，敷上一层银灰光泽。空气寒冷而清爽。敞坪中很静，无一个人，无一只狗。几个竹制纺车瘦骨凌精的搁在一间小板屋旁边。站在晒台上望着这些简陋古老工具，感觉“生命”形式的多方。敞坪中虽空空的，却有些声音仿佛从敞坪中来，在他耳边响着。

“骨头太多了，不要这个腿上大骨头。”

“嫂子，没有骨头怎么走路？”

“曲蟮有不有骨头？”

“你吃曲蟮？”

“哎哟，菩萨。”

“菩萨是泥的木的，不是骨头做成的。”

“你毁佛骂佛，死后入三十三层地狱，磨石碾你，大火烧你，饿鬼咬你。”

“活下来做屠户，杀羊杀猪，给你们善男信女吃，做赔本生意，死后我会坐在莲花上，只往上飞，飞到西天一个池塘里洗个大澡，把一身罪过，一身羊臊血腥气，洗得干干净净！”

“西天是你们屠户去的？做梦！”

“好，我不去让你们去。我们都不去了，怕你们到那地方肉吃不成！你们都不吃肉，吃长斋，将来西天住不了，急坏了佛爷，还会骂我们做屠户的，不会做生意。一辈子做赔本生意，不落得人的骂名，还落个佛的骂名。你不要我拿走。”

“你拿走好！肉臭了看你喂狗吃。”

“臭了我就喂狗吃，不很臭，我把人吃。红焖好了请人吃，还另加三碗包谷烧酒，怕不有人叫我做伯伯舅舅干老子。许我每天念《莲花经》一千遍，等我死后坐朵方桌大金莲花到西天去！”

“送你到地狱里去，投胎变一只蛤蟆，日夜哗哗呱呱叫。”

“我不上西天，不入地狱。忠贤区区长告我说，姓曾的，你不用卖肉了吧，你住忠贤区第八保，昨天抽壮丁抽中了你，不用说什么，到湖南打仗去。你个子长，穿上军服排队走在最前头，多威武！我说好，什么时候要我去，我就去。我怕无常鬼，日本鬼子我不怕。派定了我，要我姓曾的去，我一定去。”

“××××××××”

“我去打仗，保卫武汉三镇。我会打枪，我亲哥子是机关枪队长！他肩章上有三颗星，三道银边！我一去就要当班长，打个胜仗，我就升排长。打到北京去，赶一群绵羊回云南来做生意，真正做一趟赔本生意！”

接着便又是这个羊屠户和几个妇人各种赌咒的话语。坪中一切寂静。远处什么地方有军队集合下操场的喇叭声音在润湿空气中振荡。静中有动。他心想：

“武汉已陷落三个月了。”

屋上首一个人家白粉墙刚刚刷好，第二天，就不知被谁某一个克尽厥职的公务员看上了，印上十二个方字。费很多想象把字认清楚了，更费很多想象把意思也弄清楚了。只中间一句话不大明白，“培养卫生”。好像是多了两个字或错了两个字。这是小事。然而小事若弄得使人糊涂，不好办理，大处自然更难说了。

带着小小铜项铃的瘦马，驮着粪桶过去了。

一个猴子似的瘦脸嘴人物，从某个人家小小黑门边探出头来，“娃娃，娃娃”，见情生情，接着他自言自语说道：“你那里去了？吃屎去了？”娃娃年纪已经八岁，上了学校，可是学校因疏散却下了乡。无学校可上，只好终日在敞坪里煤堆上玩。“煤是那里来的？”“地下挖来的。”“作什么用？”“可以烧火。”娃娃知道的同一些专门家知道的相差并不很远。那个“上海人”心想：“你这孩子，将来若可以升学，无妨入矿冶系。因为你已经知道煤炭的出处和用途。好些人就因那么一点知识，被人称为专家，活得很有意义！”

娃娃的父亲，在儿子未来发展上，却老做梦，以为长大了应当作设治局长，督办——照本地规矩，当这些差事很容易发财，发了财，买对门某家那栋房子。“上海人”越来越多，到处有人租房子，肯出大价钱。押租又多。放三分利，利上加利，三年一个转。想象因之丰富异常。

做这种天真无邪的好梦的人恐怕正多着。这恰好是一个地方安定与繁荣的基础。

提起这个会令人觉得痛苦，是不是？不提也好。

因为你若爱上了一片蓝天、一片土地和一群忠厚老实人，你一定将不由自主的嚷：“这不成！这不成！天不辜负你们这群人，你们不应当自弃，不应当！得好好的来想办法！你们应当得到的还要多，能够得到的还要多！”

于是必有人问：“先生，你这是什么意思？在骂谁？教训谁？想煽动谁？用意何在？”

问的你莫名其妙，不特对于他的意思不明白，便是你自己本来意思，也会弄糊涂的。话不接头，两无是处。你爱“人类”，他怕“变动”。你“热心”，他“多心”。

“美”字笔画并不多，可是似乎很不容易认识。“爱”字虽人人认识，可是真懂得他意义的人却很少。

凤凰观景山

我不懂艺术，又不会作画，可是从小生长在湘西苗区一个小小山城中，周围数十里全是山重山，只临到城边时，西边一点儿才有一坝平田出现，城东南还是群峰罗列。一年四季随同节令的变换，山上草木岩石也不断变换颜色，形成不同画面，浸入我的印象中，留下种种不同的记忆，六七十年后，还极其鲜明动人，即或乐意忘记也总是忘不了。特别是靠城东南边那个观景山，因为山上原本是个山砦[①]，下边有座本地人迷信集中的天王庙，山砦实际控制着全县城，上面原住了一排属于辰沅永靖兵备道的绿营战兵。站在山砦石头垒成的碉楼上，远望西边可及平田尽头的雷草坡一带，远处山坡动静，和那些二百年前设立在近郊远近山头的碉堡安危情况，近则城北大河及对河苗乡一切，也遥遥在望。城南地势逐渐上升，约二里后直达一个山口，设有重兵把守，名

① 山砦（zhaì）：同山寨。有寨子的山区村庄。

叫“茶叶坡”。我还记得我极小时，听父亲说过，祖父沈毛狗和叔祖父，从七十里出朱砂的大峒岔逃荒到县城时，已及黄昏，走长路太累，坐在关前歇歇，觉得极冷，用手摸摸，才明白路旁全是人头，比我在辛亥前夕所见，显然更多百十倍。不到三千户人家的小山城，一个兵备道管辖下，就有三千多战守兵设防，主要作用就是杀造反的人！

观景山在我作顽童时代，看来已失去了它的作用，但是照旧还设立有几户守兵，专管晚上全城治安，有老兵轮流在上面打更司柝。城里照习惯，每街都设有栅栏门，到二更后就断绝行人。由本街居民出钱，雇有专人打更守夜。换班换点，多凭山上的更点作准，才不至于误时。或城中某街失火走水，山上守兵就擂梆子告警。一切还保留百年前一点旧制度、旧习惯，让人体会到这地方在前一世纪原本是个大军营。定下许多维持治安的办法，直到辛亥以后才取消。

这个观景山近城一面被一片树木包围着，上面有大几百株三四人才能合抱的皂角木、枫香树、香楠树及灯笼花古树，树高可能达二十余丈，各自亭亭上耸天半。有落叶乔木，也有四季常青的乔木。初春发荣时，树干必先湿湿的，随后树上才各自呈现各种不同程度的嫩绿色，或白茸茸一片灰芽，多竞秀争荣，且常常在树上就分出等级来。再不多久，能开花的就依次开花，使得小山城满城都浸在一种香气馥郁中。

先是冬晴天气中，每个人家两侧上耸高墙和屋脊上[①]，必有成群结伙的八哥鸟，自得其乐地在上面歌唱聒吵，有时还会摹仿各种其他雀鸟的鸣声，到春天来时，即转向郊外平田飞去，跟着犁田的水牛身后吃蚯蚓，或停在耕牛背上或额角间休息。人家屋脊上已换了郭公鸟，天明不久就孤独地郭公郭公叫个不停。后来才知道是古书上的“戴胜”。春雷响后，春雨来时，郭公也不见了。观景山则已成一片不同绿色作成，丰丰茸茸的大画屏。有千百鸣声清脆的野画眉，在春光中巧转舌头。随后是鸣声高亢急促，尖锐悲哀的杜鹃，日夜间歇不停的□□[②]，尤其是在春雨连绵的深夜里，这种有情怪鸟鸣声特别动人。住在城中半夜里，唯一可听到远处杜鹃凄惨的叫声，时间可延长到夏初。早上则住城内的最多是燕子，由衔泥砌窠（kē）到生子“告翅”，呢呢喃喃迎来了春夏。

至于出城，山上鸟雀之多可就无从计数了。我的故乡是出锦鸡的地方，一身毛色奇美，叫声□□[③]。

---

① 凤凰民房的山墙通常都高于屋顶和屋脊，以便起到防火的作用，所以被称作风火墙。

② 拟声词，作者当时没想好恰当的，整理时未作填补。

③ 拟声词，作者当时没想好恰当的，整理时未作填补。

大型鸟类，则数一身明黄的青鸟，在寂静中一声“勾嘟亢当”，极容易引人到一种梦境清寂中去。各种啄木鸟声，于夏初树林中，也是一种有趣的声音。这类鸟虽不会叫，形状却十分别致，总是用两只爪子抓定面前树干。许多人家都畜养在笼中，供孩子们取乐。直到抗战时期，每只市价还不过一元中央票。（山上）还多“金不换”鸟，比锦鸡小些，也宜于笼养。最善反复自呼其名[①]，有的能延续到三十次以上，才乐意休息。

我倒欢喜那些不受豢（huàn）养的鸟类，如夏天傍晚时在田禾深处咕咕咕咕直啼唤的秧鸡，全身乌黑，行动飞快，声音虽极单纯，调子可极特别，若当大白天则一声不响。大白天多的是竹林中的画眉鸟，或锐声长呼“婆婆酒醉”，“婆婆酒醉归”，等到人逼近时，才一哄飞散，可是在另外竹林中，又重新放歌。这种画眉本地人或叫竹雀，或叫洋画眉。

另外还有种土鹦哥，形象极不美观，一身毛色也只灰扑扑的，且显得野性习惯，顽劣无以复加。乡下人设套捉来时，放竹笼中，初期不吃不喝，拒绝饮食，且必碰笼，直到头部茸毛脱尽仍不屈服。可是懂它的脾气的乡下人，总尽

① 这种鸟的叫声像“金不换，金不换”，所以有了这个名字。

它生气，碰得个毛血淋漓筋疲力尽，又渴又饥时，才再给它一点水喝，和米头子吃。过十天半月，就慢慢地转变了。平时声音还是哑嘶嘶的，且极单纯，再过一阵，你才会发现它的聪明天赋。特别是善于摹仿别的鸟声，以至于猫儿声音、小孩子哭声，远比真正红嘴绿色鹦哥或八哥还伶俐懂事，领会别的生物声音能力还强，学来更逼真。一到和人表示亲善后，就特别亲人。本城里多的是军人，在镇道两衙署当公差的军人，真正公事并不多，却善于栽花养鸟。我还记得和我近邻那个滕老四，家中养得有八哥和土鹦哥，滕老四上街时，经常就提了个竹丝鸟笼，那只土鹦哥却在他肩头上站立，有时又远远飞去，等待主人。

落日故人情

滕回生堂的今昔[①]

我六岁左右时害了疳疾，一张脸黄姜姜的，一出门身背后就有人喊“猴子猴子”。回过头去搜寻时，人家就咧着白牙齿向我发笑。扑拢去打罢，人多得很，装作不曾听见罢，那与本地人的品德不相称。我很羞愧，很生气。家中外祖母听从庸妇，挑水人，卖炭人，与隔邻轿行老妇人出主意，于是轮流要我吃热灰里焙过的“偷油婆”[②]“使君子”[③]，吞雷打枣子木的炭粉，黄纸符烧的灰渣，诸如此类。另外还逼我诱我吃了许多古怪东西。我虽然把这些很希奇的丹方试了又试，蛔虫成绞成团的排出，病还是不得好，人还是不能够发胖。照习惯说来，凡为一切药物治不好的病，便同“命运”有关。家中有人想起了我的命。

关心我命运的父亲，特别请了一个卖卜算命人，来为我

---

① 原载1935年1月《国闻周报》十二卷二期。

② 偷油婆：指蟑螂。

③ 使君子：中药名，有消积杀虫的功效。

推算流年，想法禳解[1]命根上的灾星。这算命人把我生辰支干排定后，就向我父亲建议：

“大人，把少爷拜给一个吃四方饭的人作干儿子，每天要他吃习皮草蒸鸡肝，有半年包你病好。病不好，把我回生堂牌子甩了丢到长河潭里去！”

父亲既是个军人，毫不迟疑的回答说：

“好，就照你说的办。不用找别人，今天日子好，你留在这里喝酒，我们打了干亲家吧。”

两个爽快单纯的人既同在一处，我的“命运”便被他们派定了。

一个人若不明白我那地方的风俗，对于我父亲的慷慨处会觉得希奇。其实这算命的当时若说“大人，把少爷拜寄给城外碉堡旁大冬青树吧”，我父亲还是会照办的。一株树或一片古怪石头，收容三五十个寄儿，原是件极平常事情。且有人拜寄牛栏的，井水的，人神同处日子竟过得十分调和，毫无龃龉。

我那寄父除了算命卖卜以外，原来还是个出名外科医生，是个拳棒家。尖嘴尖脸如猴子，一双黄眼睛炯炯放光，身材虽极矮小，实可谓心雄万夫。他把铺子开设在一城热闹

① 禳（ráng）解：迷信的人向鬼神祈祷消除灾殃。

中心的东门桥头上，字号名“滕回生堂”。那长桥两旁一共有二十四间铺子，其中四间正当桥垛墩，比较宽敞，他就占了有垛墩的一间。铺子中罗列有羚羊角，马蜂窠，猴头，虎骨，牛黄，狗宝，无一不备。最多的还是那些草药，成束成把的草根木皮，堆积如山，一屋中也就长年为草药蒸发的香味所笼罩。

铺子里间房子窗口临河，可以俯瞰河里来去的柴船，米船，甘蔗船。河身下游约半里，有了转折，因此迎面对窗便是一座高山。那山头春夏之际作绿色，秋天作黄色，冬天为烟雾包裹时作蓝色，为雪遮盖时只一片眩目白色。屋角隅陈列了各种武器，有青龙偃月刀，齐眉棍，连枷，钉钯。此外还有一个似桶非桶似盆非盆的东西，原来这是我那寄父年轻时节习站功所用的宝贝。他学习拉弓，想把腿脚姿式弄好，每个晚上蜷伏到那木桶里去熬夜。想增加气力，每早从桶中爬出时还得吃一条黄鳝的鲜血。站了木桶两整年，吃了黄鳝数百条，临到应考时，却被一个习武的仇人揭发他身分不明，取消了考试资格。他因此抖气离开了家乡，来到武士荟萃的凤凰县卖卜行医。为人既爽直慷慨，且能喝酒划拳，极得人缘，生涯也就不恶。作了医生尚舍不得把那个木桶丢开，可想见他还不能对那宝贝忘情。

他家中有个太太，两个儿子。太太大约一年中有半年皆把手从大袖筒缩到衣里去，藏了个小火笼在衣里烘烤，眯着眼坐在药材中，简直是一只大猫儿。两个儿子大的学习料理铺子，小的上学读书。两老夫妇住在屋顶，两个儿子住在屋下层桥墩上。地方虽不宽绰，那里也用木板夹好，有小窗小门，不透风，光线且异常良好。桥墩尖劈形处，石罅里有一架老葡萄树，得天独厚，每年皆可结许多球葡萄。另外还有一些小瓦盆，种了牛膝、三七、铁钉台、隔山消等等草药。尤其古怪的是一种名为“罂粟”的草花，还是从云南带来的，开着艳丽煜目的红花，花谢后枝头缀了绿色果子，果子里据说就有鸦片烟。

当时一城人谁也不见过这种东西，因此常常有人老远跑来参观。当地一个拔贡还做了两首七律诗，赞咏那个希奇少见的植物，把诗贴到回生堂武器陈列室板壁上。

桥墩离水面高约四丈，下游即为一潭，潭里多鲤鱼鳜鱼，两兄弟把长绳系个钓钩，挂上一片肉，夜里垂放到水中去，第二天拉起就常常可以得一尾大鱼。但我那寄父却不许他们如此钓鱼，以为那么取巧，不是一个男子汉所当为。虽然那么骂儿子，有时把钓来的鱼不问死活依然掷到河里去，有时也会把鱼煎好来款待客人。他常奖励两个儿子过教场去同兵将子弟寻衅打架，大儿子常常被人打得头破血流回来时，作父亲的一面为他敷那秘制药粉，一面就说：“不要紧，不要紧，三天就好了。你怎么不照我教你那个方法把那苗子放倒？”说时有点生气了，就在儿子额角上一弹，加上一点惩罚，看他那神气，就可明白站木桶考武秀才被屈，报仇雪耻的意识还存在。

我得了这样一个寄父，我的命运自然也就添了一个注脚，便是“吃药”了。我从他那儿大致尝了一百样以上的草药。假若我此后当真能够长生不老，一定便是那时吃药的结果。我倒应当感谢我那个命运，从一分吃药的经验里，因此分别得出许多草药的味道、性质，以及它的形状。且引起了我此后对于辨别草木的兴味。其次是我吃了两年多鸡肝。这一堆药材同鸡肝，很显然的，对于此后我的体质同性情皆大有影响。

那桥上有洋广杂货店，有猪牛羊屠户案桌，有炮仗铺与成衣铺，有理发馆，有布号与盐号。我既有机会常常到回生堂去看病，也就可以同一切小铺子发生关系。我很满意那个桥头，那是一个社会的雏型，从那方面我明白了各种行业，认识了各样人物，凸了个大肚子胡须满腮的屠户，站在案桌边，扬起大斧擦的一砍，把肉剁下后随便一秤，就向人菜篮中掼去，那神气真够神气。平时以为这人一定极其凶横蛮霸，谁知他每天拿了猪脊髓过回生堂来喝酒时，竟是个异常和气的家伙！其余如剃头的，缝衣的，我同他们认识以后，看他们工作，听他们说些故事新闻，也无一不是很有意思。我在那儿真学了不少东西，知道了不少事情。所学所知比从私塾里得来的书本知识当然皆有用得多。

那些铺子一到端午时节，就如我写《边城》故事那个情形，河下竞渡龙船，从桥洞下来回过身时，桥上人皆用叉子，挂了小百子鞭炮悬出吊脚楼，必必拍拍的响着。夏天河中涨了水，一看上游流下了一只空船，一匹畜牲，一段树木，这些小商人为了好义或好利的原因，必争着很勇敢的从窗口跃下，浮水去追赶那些东西。不管漂流多远，总得把那东西救出。关于救人的事我那寄父总不落人后。

他只想亲手打一只老虎，但得不到机会。他说他会点血，但从不见他点过谁的血。

民国二十二年[1]旧历十二月二十一，距我同那座大桥分别时将近十八年，我又回到了那个桥头了。这是我的故乡，我的学校，试想想，我当时心中怎样激动！离城二十里外我就见着了那条小河，傍着小河溯流而上，沿河绵亘数里的竹林，发蓝叠翠的山峰，白白阳光下造纸坊与制糖坊，水磨与水车，这些东西皆使我感动得真厉害！后来在一个石头碉堡下，我还看到一个穿号褂的团丁，送了个头裹孝布的青年妇

① 民国二十二年：1933年。

人过身。那黑脸小嘴高鼻梁青年妇人，使我想起我写的《凤子》故事中角色。她没有开口唱歌，然而一看却知道这妇人的灵魂是用歌声喂养长大的。我已来到我故事中的空气里了，我有点发痴。

见大桥时约在下午两点左右，正是市面顶热闹时节。我从一群苗人一群乡下人中拥挤上了大桥，各处搜寻后没有发现“滕回生堂”的牌号。回转家中我并不提起这件事。第二天一早，我得了出门的机会，就又跑到桥上去，排家注意，在桥头南端，被我发现了一家小铺子。铺子中堆满了各样杂货，货物中坐定了一个瘦小如猴干瘪瘪的中年人。从那双眯得极细的小眼睛，我记起了我那个干妈。这不是我那干哥哥是谁？

我冲近他摊子边时，那人就说：

“唉，你要什么？”

“我要问你一个人，一件事，你是不是松林？”

孩子哭起来了，顺眼望去，杂货堆里那个圆形大木桶，里面正睡了一对大小相等仿佛孪生的孩子。我万想不到圆木桶还有这种用处。我话也说不来了。

但到后我告给他我是谁，他把小眼睛愣着瞅了我许久，一切弄明白后，便慌张得只是搓手搿舌头，赶忙让我坐到一捆麻上去。

“是你！是你！……”

我说："大哥，正是我呀！我回来了！老的呢？"

"五年前早过了！"

"嫂嫂呢？"

"六月里过了！剩下两只小狗。"

"保林二哥呢？"

"他在辰州你不见到他？他作了局长，有出息，讨了个乖巧屋里人，乡下买得七十亩田，作员外！"

我各处一看，卦桌不见了，横招不见了，触目皆是草鞋。"你不算命了吗？"

"命在这个人手上，"他说时翘起一个大拇指，"这里人没有命可算！"

"你不卖药了吗？"

"城里有四个官药铺，三个洋药铺，苗人都进了城，卖草药人多得很，生意不好作！"

他虽说不卖药了，小屋子里其实还有许多成束成捆的草药。而且恰好这时就有个兵士来买"一点白"，把药找出给人后，他只捏着那两枚当一百的铜元，同我呆呆的笑。大约来买药的也不多了，我来此给他开了一个利市。

…………

他一面茫然的这样那样数着老话，一面还尽瞅着我。忽然发问：

“你从北京来南京来？”

“我在北京做事！”

“作什么事？在中央，在宣统皇帝手下？”

我就告他既不在中央，也不是宣统手下。他只作成相信不过的神气，点着头，且极力退避到屋角隅去，俨然为了安全非如此不成。他心中一定有一个新名词作祟：“你是共产党？”他想问却不敢开口，他怕事。他只轻轻的自言自语说：“城内杀了两个，一刀一个。”

有人来购买烟签，他便指点人到对面铺子去买。我问他这桥上铺子为什么皆改成了住家户。他就告我这桥上一共有十家烟馆，十家烟馆里还有三家可以买黄吗啡。此外又还有五家卖烟具的杂货铺。

一出铺子到城边时，我就碰着烟帮过身，护送兵皆背了本地制最新半自动步枪，人马成一个长长队伍，共约三百二十余担黑货，全是从贵州省来的。

我原本预备第二天过河边为这长桥摄一个影，一看到桥墩，想起十七年前那钵罂粟花，且同时想起目前那十家烟馆、五家烟具店，这桥头的今昔情形，把我照相的勇气同兴味全失去了。

霁清轩杂记[①]

（一）

那么大热天，除了打仗和赶考，普通在学校里长年和书本相对的人，如果办得到，都实在需要抛下书本，暂时换个方式休息休息！气候既已入伏，学校一放假，每家有孩子的都回了家。住处宽广的或不甚觉得有问题，住处小可就糟了。我家中两个顽童都正是好事喜弄的顽童时代，生命力既十分旺盛，放假后，终日在宿舍几个小小房间中转来转去，手脚似乎总容易相撞相挨，每天都不免要发生三五回小规模争斗。结果假期一来反而对大人是一种担负。因此如有所悟，和太太一商量，就依然把孩子们带出城了。

到郊外大园子来，我们住的还是去年那一所房子，属于

① 本文发表于1948年8月14日、8月21日《新路》周刊第1卷14、15期；又于同年8月30日、9月6日在天津《益世报·文学周刊》第108、109期刊载，均署名翰墨。据《新路》本编入。

霁清轩一部分。房屋在低处，门前又临溪，初来时，房中竟霉得如一块待加作料的豆腐乳，到处都生了毛。但只要稍微习惯，且不担心到自己灵魂也生毛，一到这里，就可说是名副其实的避暑，抽象的或具体的热全不会到头上来了。并且站在门前一望，即会明白霁清轩的主要建筑，原像是拿来看的。最好看处也就是从我住处向上望。不拘早晚，那所主要房子，那长廊一搭，那个亭子，那石头间大松树和小小虎耳草，人工天然，都仿佛配置得有点宋人画意。

顽童们自然不会欢喜宋画，除被迫写字勉勉强强留在书桌边一会会，都只想向园中空阔处跑跑，或去后山掘蚯蚓钓鱼，或去另一个地方看人家比赛游泳。最能引起他们兴趣，并作话题讨论的，还是看守园子的工人，舞着二三丈长钓竿，在长廊前白石栏干边，用小蛤蟆作饵钓取王八。有时终日毫无所获，有时又一举即可将依隐于莲梗水藻间的八大王后代曳之上钩。很奇怪，有一次和孩子们在长廊前石栏边看人钓取这种圆滑水族时，同时却听另外几个游人，正议论到立法委员运烟土事。两件不同事情同时混入印象中，好像无意中触犯了谁的忌讳，竟使我不能不赶即离开那个地方。

园子中既有了这些新奇活动，孩子们不必要的阋墙之争，自然就不会延长扩大到不易收拾，也不需要谣言人事来点缀耳目了。所以这里气候人心都并不怎么热。

（二）

霁清轩大门在谐趣园一角，陌生人却不容易发现。门前石板路倒还有意思，据说是慈禧太后听人说故事地方，按时老婆子必坐在一个石礅子上听故事，每天说一回。照我估想，可能会说到《红楼梦》中贾母和刘姥姥。相去不过四五十年，可想象不出当时说故事的排场了。现在谐趣园多的倒是刘姥姥和板儿，因为既无贾母也无慈禧，所以现代刘姥姥和板儿，就居多坐在廊上剥南瓜子吃东西。谐趣园外对宫门直上是“乐农轩”,一列东向房子很朗畅，现在住的却像是军官眷属，常有几辆自行车搁在花树下。除了有几只肥母鸡，还配合风景，此外已找不出农家气象。刘姥姥和板儿，即或偶然从那条路上景福阁，也一定不会想起这里原是为模仿他们生活而布置的地方！

霁清轩前虽已无从想象慈禧听故事的光景，现在却尚有三种声音交替，早晚是可以印证唐人诗“鸟鸣山更幽”的黄鹂，白天是代表“多数一致”的知了，夜里是象征衰飒迟暮的鸣蛩。一进门院坪空空的，迎面是霁清轩，廊柱楹桷全髹绿漆画上紫藤，别致得不免有一点儿俗气。如果是老款式，可能是新装璜，在油漆时把颜色配走了样子，所以给人印象是建筑与装饰不大调和。且不像是乾隆俗，很像慈禧时代的俗，如清末广东作风，和慈禧艺术鉴赏程度相近。轩背后是个斜斜坡，利用天然一片大石头作成。石头在半中摺绉了一下，绉摺处就成了一道溪流，从后湖引了一绺活水穿石而过。坡度既相当斜，涧中又有些石头阻塞，活水下漱于是琤琤琮琮仿佛有点琴韵。白天受知了吵杂混耗，水声不觉得怎么大，入晚却十分动听。所以两边高处一所房子，就名清琴峡。

霁清轩和清琴峡都是乾隆题的名，清琴峡房子有两个对面炕，格局小而精致，很可能乾隆慈禧前后都住过，乾隆还在那炕上听泉赋诗，或坐在门前大石磴上赏玩野景。现在这房子却归一个女天才住下，终日盘坐在炕上临摹画卷。房子虽还是乾隆派，房中却有了点“魏晋”空气和“文艺复兴”意味。

就全个霁清轩说，在颐和园中算是最有丘壑一所房子。一共四栋可以住人，分置在上上下下，用一条能起回声的长廊连接。目前对这种回声发生兴趣的是几个顽童，当年说不定还曾引起帝王太后抚掌莞尔！长廊一面代围墙，一面作甬道，还有格致。走廊设计比谐趣园的有隐显曲折，只是下面还有个小小过廊亭子，似近于蛇足。这亭子前不仅是装饰，还有点实用意思，或者就和我住的一所房子关系深切了。

我住的一所发霉房子没有匾额，曾经作过浴室，从墙边砖砌水塔看，可能是民国以来修整过，本来即装置的。房中还留下有两个水管口，房中有一个大炕，可容八个人同睡。如慈禧曾经这里用过浴，应当有一似通非通一匾额象征重要。既无匾额，倒很像宫女住的一间下房了。所以那个过廊亭子，可能是宫女等待听候使唤的地方。

我门前越水而过，是个石板桥，石头大大的，水流得很活，照乾隆脾气，可能和我家顽童一样，还在上面洗过脚。这些事自然多近于估想。从现实学习，是大炕上曾发现二寸长蜈蚣一条，和几只相貌奇古行动伶俐的灰茸茸小壁虎。蜈蚣夜里不知如何钻入被中，被我胡乱揉死，居然不被这小小毒虫咬叮，可谓幸运。壁虎长日在窗口爬来爬去，用蚊虫作食饵，主客之间倒似乎还相处得来。

（三）

全院中除了可供人住的四栋房子，大石堆高处还有个独立绿漆方亭子，亭子四围大石间还生长有几株松树，树大已合抱，姿势派头都蛮好看，也许还是乾隆眼看到小太监移植的。亭子下面看稍大一点，在亭中却大小合式。当时如在上面奏细乐，于月白风清之夜，与景物还相称。现在最大用处是从下面看看，为主要建筑霁清轩配个风景。颐和园有许多房子，当时的设计，似乎供人看的意义都重于居住。霁清轩是其中之一。许多房子宜于从外面看，远处看，如排云殿西的画中游，湖中心的龙王庙。许多地方又像是为看别的房子而作，如景福阁，瞩新楼。霁清轩却宜于在院子里看，而且特别宜于从我住的窗口或帘前看去。房屋树石都布置很恰到好处，不拘早晚都有意思。

孩子们到这里来，手足和心灵俨然都得到了解放，不出门也就在院子中流水边玩。这条水既贯穿院子而过，离我住所门前不过一丈五尺。所以大人从实用上说也终日离不开这条水。大顽童本名龙龙，因此每天必去龙王庙前面学跳水，每天泡三两点钟，半月来晒得全身如一条紫豇豆。小的名叫虎虎，因为下水时不甚多，却把全院子当成鲁滨孙的荒岛，各处去寻觅发现，一草一木都清清楚楚。画全院平面图时，一件东西都不曾忘掉。最熟习的还是一条流水，上下游都十分熟习。某个水边树根下有几只蛤蟆螃蟹，石板桥下一共有几只虾子，一共有几种鱼，某一种鱼又在什么地方，都可领带客人参观。不过大人中真有童心热心参观的，可能只有一位哲学教授。这条流水虽只二三尺宽，十来丈长，却容纳了不少水族，即以长及一尺的常住鱼而言，就共有三种，不下十来尾。提到这一点，一定会有人问，“有那么多鱼，怎么不下手？难道鱼不是可以……？”事情奇怪，就真不下手！即好事的顽童小虎，却也只在水边上下徘徊，睁着一双大眼睛欣赏水中一切活动。即或下水玩，也像是和这些水族相互之间都有种了解，各不相犯。为的是他和鱼都知道，这里和平还是从二百年前就决定下来了的！原来这一道小小溪涧，虽无多少曲折，却有一点丘壑。设计时虽若半就天然石头绉摺断折处引水下泄，却已注意到一衣带水的效果，本来只重在引水激过时作出一点琴韵，石头下有许多处都淘得空空的，结果却成了鱼虾的安全窝。水中的鱼只能作濠上鉴赏，可不宜具染指遐想。更重要的也许还是到了这个地方，吃鱼已不成问题。北平是一片平地，西山山沟地泉引出的水相当清冷，汇集在昆明湖三海和十刹海，面积虽不小，可不会产生什么怪鱼。然而昆明湖却有六七种鱼类。南方江河中生产的鳜鱼，性情本来十分勇猛矫捷，宜于在深潭急浪中活动，在这里却算是昆明湖特产，大的竟到五六斤重，已为本地人取了个文绉绉名字，名叫“花鲫”。据说寄身处多在石舫以西，水比较活又比较暖的荷丛中，可知这种鱼的祖先，还是好事的帝王或贡谀的幸臣派人从江南带来的！我们在这里经常吃的是鲌鱼，有时每尾大到廿斤重，宰割时简直如一头小猪！……因此一来，霁清轩流水中尺来长的鱼类，就十分自然的享受了人间和平，不至于作釜中之泣了。

就全院中丘壑设计说，霁清轩或应数颐和园百十所住宅最具有逸格雅趣的一所。我说这个可不是隐逸自赞可以长住意思，恰恰相反，说明这个地方实在只宜短期居住。我们的住屋似乎稍湿了一点，不到半个月，房中书籍、衣物、肥皂、药品、几几乎都发了霉，长了绿毛。在窗口看景致，听泉声，究竟只宜于较短时期。顽童们八月廿以后即上学，筹备学费是家长秋天第一课。为了这个问题，坐在窗前站在水边都解决不了。所以万寿山高处看秋月，恐得要放弃了。

（四）

颐和园中百十所单独院落，三十年前原由政府指定作逊位后的清皇室居住。二十年前改租普通人，因为进出不怎么方便，园里十分荒凉，还只是少数人短期过夏，可赁出一部分，居多都上了锁，空在那里。并且来住的多带一点抒情成分，养病避暑意味。普通人或无此从容，或无此兴味。直到去年我们来住时，早晚在山道上散步，还可和一些老绅士样子，或一对对情侣度蜜月样子，能领会湖山景色，也对历史文化还有感兴的寄居者彼此碰头，不交一言而各得其所。今年住的人就已大不相同。若从行动测文化，今年似乎已换了一种文化。后山早晚散步的人已不多，不拘男女，饭后在长廊栏干间歇脚谈天的数目却已大大增加。（正和琉璃厂的春天逛厂甸一样，看字画，买书籍的人已大减，多的却是买冰糖葫芦和麦秆风车的市民。）从小事测时代，时代的确已显明的变了。这件事刺激我们的不甚多，刺激真正老住户的应当还多。园中够得上老住户的人有几位特别值得一提。一是北方画家溥心畲，和宣统为近属兄弟。溥仪在东北作日本人傀儡，“康德”了十多年，北平沦陷又八年，多少有头脑的知识分子，都被拖下了水，与日人亲亲热热，忘记自己本分。心畲王孙却决不为人利用，不染一点污浊，自从把那座老王府卖给辅仁大学后，只住在颐和园里作画，十多年如一日。不提别的，即这点性格就够个艺术家！二十年来画笔似未见特别变化，作人风度却值得史笔一书。另外一位是洪宪项城称帝，和这事极有关系的袁大公子，也住在园里已多年。平时深居简出，不轻易在园中见到。据闻平常拜访者亦极少见到。生活似相当萧条，却不为穷困低头。一个现代史家，对于这个人所处时代，所有取舍，如何作成一个悲剧性末一幕戏，值得写到的事应当还多。但他本人如肯写一点什么回忆录，对于民初元史实定有更多贡献。两位住宅恰恰在排云殿前左右两院，如颐和园主要建筑的配位，这个偶然事件在历史上又似乎并非完全偶然。如果这是一个制度，倒不失为一种象征，民初元十多年，其实还有几位公子也值得各有一所住宅！日来报纸上常把某某伟人南京的新建的藏娇金屋描画得十分出色，有关平定上海物价，又常与另外一个人名字并提。十年二十年后，这些人会不会来颐和园赁房子居住？历史可以为我们回答。晚清自戊戌后，时务空气侵润于全国人心中，清宗室子弟即多开明头脑，在当时既不能起作用，革命共和后地位更难自处，退而向艺术谋生命发展，就还很有几个人材，秀颖杰出。在性情方面且以笃厚见称。心畬即其中之一。至民初元，项城以笼罩一切势力，置国家于掌握中，且敢作帝王梦。为增加一空洞名号，驱使爪牙用残狠手段排除了多少异己者。在此一段历史中，成为中心人物的是袁大公子，（正如当时在艺术方面寒云公子代表一时风流，）然而帝制解体，不到十年，筹安会诸君子，许多当时风云中人，即闻以典当告贷为生。寒云公子亦即潦倒憔悴而死，只故都妓院伶人及二三饭馆间，尚留下些墨笔供人嗟赏。

（五）

全园子一天中最佳妙处，是清晨和黄昏，整个湖山的寂静，似乎只归三五人享受管领。然而也正象征了这是一个“过去”的场面。没有人，那受得了！“现代”有个特点，即是人。一切为“人”,一切要“人”注意，也即是在心理分析上的人的懦怯性。一个人如能离开人，所需要的勇气实比接近人还大得多。所以关于游逛，我以为一个外来普通陌生人，实应当照顾照顾作向导的，花一点点钱，即可听一听似真非真的掌故，或在铜牛铜狮前照个相，再让他领带到一个什么馆子吃顿便饭，我相信这是间接繁荣颐和园的方法。因此有许多游逛程序，我不想在这个小文章上提及。我待说的是一些三五年前或十多年前到过这园子里的读者，旧地重游如不容易，却想提几件事作为他的印象温习。第一是这个大园子近来托文物整理委员会的福，应修理油漆的地方都花了点钱，收拾一遍。如排云殿前大牌楼，是经改成钢骨水泥建筑，一切保存原来式样，只是油漆时彩绘不太好看，可能是材料不大合用。山顶上那座琉璃庙宇“智慧海”，业经大加修理，并且已经开放，泥菩萨座前，有了穿洋装的绅士和摩登女廊上香叩头。里面照明是用电灯，像是力求佛堂空气肃穆，电灯还是暗暗的，如许多庙宇长明灯样子。后山那一组毁废了的西藏式庙塔也重新打扫整顿，且开放了一座有铜罗汉的殿堂。工程还在进行，可能有些会被收拾以后，反而失去了游人到此本来应有的颓毁沧桑兴亡感慨，尤其是修补的材料大有问题。较重要的改造是逼近青龙桥的后宫门开放，新作了个大照墙，宫门正在油漆彩绘。这一来对于逛园子兼游西山玉泉的人真方便不少。据闻待修理的，还有“画中游”那座不大美观的楼房，和大庆寿的“德和园”大戏楼。两种工程都相当大，似乎还无款项可拨。照朋友意见，画中游还是听它倒掉好些，因为地面逼窄，楼廊挤得紧紧的，真不美观！德和园大戏楼，是谭鑫培杨小楼奏过技的地方，在戏剧史上即十分重要，还值得保留个样子。建筑高大，重量完全担负在二十来根柱子上，听说从上面漏水，这工程要着手可一定费点心思。全园子管理已有了较大进步，凡有人走的地方，每日都有工人分区负责打扫得干干净净。又多开放了几处陈列室，尤其是乐寿堂前和两厢房子的开放，陈列了些晚清工艺品，似乎是慈禧大寿时各总督，使节，大小宗室官吏的贡品，很可以测验出慈禧太后对于摩登事物的嗜好，以及十九世纪末叶带洋派美术品的标准纪录。有心人一看到这类海上风光和广舶款式，也可知这个大帝国必然快要结束。前两天曾见到一群休假美国官兵，各人提了一具照相机（有的还提大小两具），跟随两个矮矮黑黑的翻译人员到那所陈列室，停留在一些假洋鬼子用的银餐具和镀金餐具旁，说明纸上明明写着银器，那译员却肯定说是老佛爷自用金器。大家既不认识中国字，也不认识美术品好坏，倒落得东单小市或廊房头条银饰铺多做几笔生意。颐和园还有一道门开放，对游人实在方便，即在山头上前后山之间，隔绝了智慧海与排云殿那一道山门。多年来都像是怕走风水，闭得紧严严的。全园子面积既相当宽，因此许多人，游逛时，都得考虑考虑足力，好决定行动。一经开放，足力即不大健全的老太太，不问是刘姥姥或是贾母，也可以多逛几处地方，且爬到灵山顶上到菩萨面前叩头了。照她们生长时代的习惯说来，这真是一种功德！中国还是个需要神的时代，不仅仅是些妇人，许多小孩子，也正从另外一种人造的偶像中学习跪拜。要他们相信自己和科学可以重造这个世界，还要些时间！

（六）

园子虽处理得相当整洁，春夏秋星期天游人也分外多，惟在里边开馆子作生意的，可似乎不怎么景气。那些上了点年纪的掌柜伙计，可能还记得抗战前数年热闹光景，客人座次不敷用，还得排号次招待！现在长廊上逢星期天尽管游人如织，这些人可都十分现实，除了外来乡巴老，和什么特种人物，坐坐馆子，本市住的游人，多知道自备吃喝。所以这些掌柜伙计好像随时都在打哈欠，当冲处尚或有几个座，得勉强打起精神来周旋呼应，厨房中也随时可听到一片面杖锅铲声响，事实上仍不免令人起寂寞之感。至于背境处，如后山松堂，那么一个幽静林子，茶座却永远是空空的。说深远一点，他们应当反美反内战！因为初初是复员美军用罐头包装食物的廉价销售，大家为省事起见，即多自备所需，选择地方食用。近来游客索兴把馍馍窝头也带进了园子。因此一来，开馆子的自然只能把十年前全盛时代当成一种历史向往了。

（七）

颐和园鸟类相当多，春天的鸣鸟和秋天的季候水鸟，可惜我不很清楚。至于夏天的山鸟，似乎即有十多种。我欢喜不声不响的戴胜，每逢见它在树枝间蹿跃，就好像见到一个老朋友。因为流寓云南乡间八年，每逢在田坎上散步，即必然可碰到戴胜、鹡鸰和云雀。鹡鸰欢喜两两相伴，一面叫一面飞，并点头起伏于麦田中。云雀却如雪莱所描写，先是在草丛中此唱彼和叫得发欢，随后即扶摇盘旋而上，一面叫一面向上飞，直到眼中看不见时，忽然又急剧下堕，钻入草丛中，混于那个在草丛中鸣食的群里。尤其是阵雨过后，天气放晴，天边尚有断虹如一片彩帛悬垂在山边时，这些快乐小鸟，小嗓子叫得真是全生命的欢欣！戴胜却居多痴痴傻傻的站在大路旁，对面前游人望着，好像痴情又像好奇，有时还把头顶上有绒穗子冠毛矗矗，引人注意，直到逼近时，才一翅飞去。这种情形下多不鸣叫。鸣叫时却有季节性，坐在人家屋脊上，骨骨骨骨很庄严的叫下去。叫过一阵就沉默等待远处应和，轮到它时才又再叫。园中的戴胜多在树枝间闪忽即逝，地方环境不同，似乎也影响到这种鸟类性情。其次是荷池间寄身的翠鸟，一身绿得如一片翠玉，却比翠玉多有一种流动生命。平时静静的斜据荷梗间，一声不响，专心一志注意到水面。机会一来，即如一支绿箭向水面射去，将尖喙插入水中，把目的物刺中，随即又衔目的物向荷花深处消失。行为灵敏而神奇，使人惊讶造物者之巧慧和深思！但这园子中的鸟类，还是鸣声奇美的黄鹂有意思。声音实在有情感，有个性，有生命。常常是早晚于林木深处树杪独奏而远处遥遥应和。歌呼交替可说毫无情欲味，却于清朗圆澈中俨若象征一种永恒的统制与管领，在时空两者间唯我独在。因自信而自尊，高低应和中尤具有乐律中的对比性。仿佛是自然哲学，和高级数学，和热情诗歌三种混和物。这个混合虽已无从再分解，然而却依旧能给这三种不同最高心智以一种深刻的激发和启示。歌声且具有一种希奇效果，即不在绵延不绝的连续，却在由短期歌呼以后带来的静默。静默时比歌呼更动人。或给人“山静似太古，日长如小年”感觉，或给人“曲终人不见，江上数峰青”联想。照例是从这个歌呼中把生命比成自然一部分，如与宇宙相契合。如果人生还可照哲学或音乐字面来解释，实接触了一种更真实的不同的人生。其次是占时间空间都分外多的“知了”,多据树枝高处，终日作单调急切的聒噪。声音彼此如一，却汇合成一片宏壮，填满了酷夏空间。本身体积相当小，嘴尖尖的如一枚针，一身分量轻轻的，全身带流线型。视觉官能因不大运用，已不太灵敏。然知寄托高枝，即不至于为顽童所损害。个体生命虽极短促，全部歌唱却可一直延长到深秋。阵雨来时，歌唱不免要停一停，一会儿雨过天霁，又即是吾家天下。这小虫且有一个特点，即一切树枝上都可以栖身，虽各在不同树梢头，早晚鸣声起落却整齐划一，统一性若自天生。昔人对于蝉的词赋，常说居高而饮洁，都不免富有一点自我恋意味。中医喜用蝉蜕作药引，也充满象征意味，许多病药中，都得加入三五只这种空壳，以为即可将药性散发去毒清火！现代人对于这种生物情感，自然已不大相同。一致性的合唱，虽情调激越，大可用来象征什么要求，由于干燥少个性，引用作诗歌比兴的就不多。正相反，所唱的虽是一种求生的本能，因为反复单调，即明白易懂，但其他不同类生物听来，却不免感到神经麻木疲乏，听来会觉得比流水还少感情！情绪模糊而见解沉闷，有时便如读现代诗和现代文学论文把字撒散后重新随意排成的版面一样。所代表的意义，和真正人间语言文字是完全不同的。第二种是鸣蛩，这一属包括有四五种能飞善跃的昆虫。声音多发自草间，也可说是草莱之士的表现。一般言来，这些生物都胆小而善良。个子不大，欲望不奢。同类之中即或也不免有小小战争，却近于小规模短时间发生冲突，极容易解决。所争的且可能是一点意气，为的是这类生物大都早已成熟，声音中即可听出。比如蟋蟀，所争的虽同样是食与性，惟食量既有限，有些且照例拥有两三位太太，得失之争虽激烈，依然近于面子。有些能飞善跃的螽斯，且仿佛是天生素食主义者，且对于生存富有幽默感。所以振翅熠熠作声时，居多倒如赞美本身存在，别无意义。有的虫类又鸣声迫促，单调反复恰如私塾中小学生背书，背来背去，大家都睡着了。有的又如老太太念灶王经，只自己求个心安理得，毫无其他损人利己意思。不过这些小虫声调似乎都有个共通性，即迟暮衰飒感。自然在许多许多方面的配备，未必以人为中心。但这种草虫清音的合奏，却可以照诗人的解释，说是为安慰大地的疲劳而有，未尝不合理。对于人，则这种虫类多于衰草颓垣间歌呼，且整夜不息，这就不止是象征衰老，简直是衰老一个部门！

（八）

霁清轩除了三种声音，还有一种虽无生命却仿佛若有生命，虽反复单调却令人起深沉之思的声音，即那一绺穿院而过的流水作成的琤琮。仁智所乐而逝者如斯，本身虽无生命，但那点赴海就壑一往不回的愿力和信心，却比一切生命表示得还深刻永久，且作了历史上重要心智以种种启示。滋育万物而不居其功，伟大处为“无私”，一个人悟无生宜从此始……

八月七日霁清轩中

过节和观灯

端午给我的特别印象

说起过节和观灯，每人都有份不同的经验。

中国是世界上一个大国，地面广、人口多、历史长，分布全国各民族语言文化风俗习惯又不一样，所以一年四季就有许多种节日，使用不同方式，分别在山上、水边、乡村、城镇举行。属于个人的且家家有份。这些节日影响到衣食住行各方面，丰富人民生活的内容，扩大历史文化的面貌，也加深了民族团结的感情。一般吃的如年糕、粽子、月饼、腊八粥，玩的如花炮、焰火、秋千、风筝、灯彩、陀螺、兔儿爷、胖阿福，穿戴的如虎头帽、猫猫鞋，作闹龙舟和百子观灯图的衣裙、坎肩、涎围和围裙……就无一不和节令密切相关。较古节日已延长了二三千年，后起的也有千把年历史，经史等古籍中曾提起它种种来历和举行的仪式。大多数节日常和农事生产相关，小部分则由名人故事或神话传说而来，因此有的虽具全国性，依旧会留下些区域特征。比如为纪念屈原的五月端阳，包粽子，悬蒲艾，戴石榴花，虽然已成全国习惯，但南方的龙舟竞渡，给青年、妇女及小孩子带来的兴奋和快乐，就决不是生长在北方平原的人所能想象的！

大江以南，凡是有河流可通船舶处，无论大城小市，端午必照例举行赛船。这些特制龙船多窄而长，有的且分五色，头尾高张，转动十分灵便。平时搁在岸上，节日来临前，才由二三十个特选少壮青年，在鞭炮轰响、欢笑呼喊中送请下水。初五叫小端阳，十五叫大端阳，正式比赛或由初三到初五，或由初五到十五。沅水流域的渔家子弟，白天玩不尽兴，晚上犹继续进行，三更半夜后，住在河边的人从睡梦中醒来时，还可听到水面飘来蓬蓬当当的锣鼓声。近年来我的记忆力日益衰退，可是四十多年前在一条六百里长的沅水和五个支流一些大城小镇度过的端阳节，由于乡情风俗热烈活泼，将近半个世纪，种种景象在记忆中还明朗清楚，不褪色，不走样。

因此还可联想起许多用“闹龙舟”作题材的艺术品。较早出现的龙舟，似应数敦煌壁画，东王公坐在上面去会西王母，云游远方，象征“驾六龙以驭天”。画虽成于北朝人手，最先稿本或可早到汉代。其次是《洛神赋图卷》，也有个相似而不同的龙舟，仿佛“驾玉虬而偕逝”情形，作为曹植对洛神的眷恋悬想。虽历来当作晋代大画家顾恺之手笔，产生时代又可能较晚些。还有个长及数丈元明人传摹唐李昭道《阿房宫图卷》，也有几只装饰华美的龙凤舟，在一派清波中从容荡漾，和结构宏伟建筑群相呼应。只是这些龙舟有的近于在水云中游行的无轮车子，有的又和五月端阳少直接关系。由宋到清，比较著名的画还有张择端《金明争标图》，宋人《龙舟图》，元人王振鹏《龙舟竞渡图》，宋人《西湖竞渡图》，明人《龙舟竞渡图》……画幅虽不大，作得都相当生动美丽，反映出部分历史真实。故宫收藏清初《十二月令画轴·五月端阳龙舟图》，且画得格外华美热闹。

此外明清工人用象牙、竹木和剔红雕填漆作的龙船，也有工艺精巧绝伦的。至于应用到生活服用方面，实无过西南各省民间挑花刺绣；被面、帐檐、门帘、枕帕、围裙、手巾、头巾和小孩子穿的坎肩、涎围，戴的花帽，经常都把“闹龙舟”作主题，加以各种不同艺术表现，作得异常精美出色。当地妇女制作这些刺绣时，照例必把个人节日欢乐的回忆，作新嫁娘作母亲对于家庭的幸福愿望，对于儿女的热爱关心，连同彩色丝线交织在图案中。闹龙舟的五彩版画，也特别受农村中和长年寄居在渔船上货船上的妇孺欢迎，能引起他们种种欢乐回忆和联想。

记忆中的云南跑马节

还有特具地方性的跑马节，是在云南昆明附近乡下跑马山下举行的。这种聚集了近百里内四乡群众的盛会，到时百货云集，百艺毕呈，对于外乡人更加开眼。不仅引人兴趣，也能长人见闻。来自四乡载运烧酒的马驮子，多把酒坛连驮架就地卸下，站在一旁招徕主顾，并且用小竹筒不住舀酒请人品尝。有些上点年纪的人，阅兵点将一般，到处走去，点点头又摇摇头，平时若酒量不大，绕场一周，也就不免给那喷鼻浓香酒味熏得摇摇晃晃有个三分醉意了。各种酸甜苦辣吃食摊子，也都富有云南地方特色，为外地所少见。妇女们高兴的事情，是城乡第一流银匠到时都带了各种新样首饰，选平敞地搭个小小布棚，展开全部场面，就地开业，煮、炸、搥、钻、吹、镀、嵌、接，显得十分热闹。卖土布鞋面枕帕的，卖花边阑干、五色丝线和胭脂水粉香胰子的，都是专为女主顾而准备。文具摊上经常还可发现木刻《百家姓》和其他老式启蒙读物。

大家主要兴趣自然在跑马，特别关心本村的胜败，和划龙船情形相差不多。我对于赛马兴趣并不大。云南马骨架多比较矮小，近于古人说的“果下马”，平时当坐骑，爬山越岭腰力还不坏，走夜路又不轻易失蹄。在平川地作小跑，钻子步走来匀称稳当，也显得满有精神。可是当时我实另有会心，只希望从那些装备不同的马背上，发现一点“秘密”。因为我对工艺美术有点常识，漆器加工历史有许多问题还未得解决。读唐宋人笔记，多以为“犀皮漆”作法来自西南，系由马鞍鞯[①]涂漆久经磨擦而成。“波罗漆”即犀皮中一种，“波罗”由樊绰《蛮书》得知即老虎别名，由此可知波罗漆得名便在南方。但是缺少从实物取证，承认或否认仍难肯定。我因久住昆明滇池边乡下，平时赶火车入城，即曾经从坐骑鞍桥上发现有各种彩色重迭的花斑，证明《因话录》等记载不是全无道理。所谓秘密，就是想趁机会在那些来自四乡装备不同的马背上，再仔细些探索一下究竟。结果明白不仅有犀皮漆云斑，还有五色相杂牛毛纹，正是宋代“绮纹刷丝漆”的作法。至于宋明铁错银马镫，更是随处可见。云南本出铜漆，又有个工艺传统，马具制作沿袭较古制度，本来极平常自然。可是这些小发现，对我说来却意义深长，因为明白“由物证史”的方法，此后应用到研究物质文化史和工艺图案发展史，都可得到不少新发现。当时在人马群中挤来

① 鞍鞯（ān jiān）：马鞍子和马鞍子下的垫子。

钻去，十分满意，真正应合了古人说的，“相马于牝牡骊黄[①]之外”。但过不多久，更新的发现，就把我引诱过去，认为从马背上研究老问题，不免近于卖呆，远不如从活人中听听生命的颂歌为有意思了。

原来跑马节还有许多精彩的活动，在另外一个斜坡边，比较僻静长满小小马尾松林子和荆条丛生的地区，那里到处有一簇簇年轻男女在对歌，也可说是“情绪跑马”，热烈程度绝不下于马背翻腾。云南本是个诗歌的家乡，路南和弥西歌舞早著名全国。这一回却更加丰富了我的见闻。

这是种生面别开的场所，对调子的来自四方，各自蹲踞在松树林子和灌木丛沟凹处，彼此相去虽不多远，却互不见面。唱的多是情歌酬和，却有种种不同方式。或见景生情，即物起兴，用各种丰富譬喻，比赛机智才能。或用提问题方法，等待对方答解。或互嘲互赞，随事押韵，循环无端。也唱其他故事，贯穿古今，引经据典，当事人照例一本册，滚瓜熟，随口而出。在场的既多内行，开口即见高低，含糊不得。所以不是高手，也不敢轻易搭腔。那次听到一个年轻妇女一连唱败了三个对手，逼得对方哑口无言，于是轻轻的打了个吆喝，表示胜利结束，从荆条丛中站起身子，理理发，

---

① 牝（pìn）牡骊（lí）黄：牝，雌性的（指鸟兽，和“牡”相对）；骊，纯黑色的马。后比喻事物的表面现象。

拍拍绣花围裙上的灰土，向大家笑笑，意思像是说，“你们看，我唱赢了”，显得轻松快乐，拉着同行女伴，走过江米酒担子边解口渴去了。

这种年轻女人在昆明附近村子中多得是。性情明朗活泼，劳动手脚勤快，生长得一张黑中透红枣子脸，满口白白的糯米牙，穿了身毛蓝布衣裤，腰间围个钉满小银片扣花葱绿布围裙，脚下穿双云南乡下特有的绣花透孔鞋，油光光辫发盘在头上。不仅唱歌十分在行，大年初一和同伴各个村子里去打秋千，用马皮作成三丈来长的秋千条，悬挂在高树上，蹬个十来下就可平梁，还悠游自在若无其事！

在昆明乡下，一年四季早晚，本来都可以听到各种美妙有情的歌声。由呈贡赶火车进城，向例得骑一匹老马，慢吞吞的走十里路。有时赶车不及还得原骑退回。这条路得通过些果树林、柞木林、竹子林和几个有大半年开满杂花的小山坡。马上一面欣赏土坎边的粉蓝色报春花，在轻和微风里不住点头，总令人疑心那个蓝色竟像是有意摹仿天空而成的。一面就听各种山鸟呼朋唤侣，和身边前后三三五五赶马女孩子唱的各种本地悦耳好听山歌。有时面前三五步路旁边，忽然出现个花茸茸的戴胜鸟，矗起头顶花冠，瞪着个油亮亮的眼睛，好像对唱歌也发生了兴趣，征询我的意见，经赶马女孩子一喝，才扑着翅膀掠地飞去。这种鸟大白天照例十分沉默，可是每在晨光熹微中，却欢喜坐在人家屋脊上，“郭公郭公”反复叫个不停。最有意思的是云雀，时常从面前不远草丛中起飞，扶摇盘旋而上，一面不住唱歌，向碧蓝天空中钻去，仿佛要一直钻透蓝空。伏在草丛中的云雀群，却带点鼓励意思相互应和。直到穷目力看不见后，忽然又像个小流星一样，用极快速度下坠到草丛中，和其他同伴会合，于是另外几只云雀又接着起飞。赶马女孩子年纪多不过十四五岁，嗓子通常并没经过训练，有的还发哑带沙，可是在这种环境气氛里，出口自然，不论唱什么，都充满一种淳朴本色美。

大伙儿唱得最热闹的叫“金满斗会”，有一次由村子里人发起举行，到时候住处院子两楼和那道长长屋廊下，集合了乡村男女老幼百多人，六人围坐一桌，足足坐满了三十来张矮方桌，每桌各自轮流低声唱《十二月花》和其他本地好听曲子。声音虽极其轻柔，合起来却如一片松涛，在微风荡动中舒卷张弛不定，有点龙吟凤哕意味。仅是这个唱法就极其有意思。唱和相续，一连三天才散场。来会的妇女占多数，和逢年过节差不多，一身收拾得清洁索利，头上手中到处是银光闪闪，使人不敢认识。我以一个客人身分挨桌看去，很多人都像面善，可叫不出名字。随后才想起这里是村子口摆小摊卖酸泡梨的，那个是城门边挑水洗衣的，此外打铁箍桶的工匠，小杂货商店的管事，乡村土医生和阉鸡匠，更多的自然是赶马女孩子和不同年龄的农民以及四处飘乡趁集卖针线花样的老太婆，原来熟人真不少！集会表面说辟疫免灾，主要作用还是传歌。由老一代把记忆中充满智慧和热情的东西，全部传给下一辈。反复唱下去，到大家熟习为止。因此在场年老人格外兴奋活跃，经常每桌轮流走动。主要作用既然在照规矩传歌，不问唱什么都不犯忌讳。就中最当行出色是一个吹鼓手，年纪已过七十，牙齿早脱光了，却能十分热情整本整套的唱下去。除爱情故事，此外嘲烟鬼，骂财主，样样在行，真像是一个“歌库”。（这种人在我们家乡则叫作歌师傅。）小时候常听老太婆口头语，“十年难逢金满斗”，意思是盛会难逢，参加后才知道原来如此。

同是唱歌，另外有种抒情气氛，而且背景也格外明朗美好，即跑马节跑马山下举行的那种会歌。

西南原是诗歌的家乡，我听到的不过是极小范围内一部分而已。解放后人民自己当家作主，生活日益美好，心情也必然格外欢畅，新一代歌手，都一定比三五十年前更加活泼和热情。唱歌选手兼劳动模范，不是五朵金花，应当是万朵金花！

灯节的灯

元宵节主要在观灯。观灯成为一种制度，比较正确的记载，实起始于唐初，发展于两宋，来源则出于汉代燃灯祀太乙。灯事迟早不一，有的由十四到十六，有的又由十五到十九。“灯市”得名并扩大，也是从宋代起始。论灯景壮丽，过去多以为无过唐宋。笔记小说记载，大都说宫廷中和贵族戚里灯彩奢侈华美的情况。

观灯有“灯市”，唐人笔记虽记载过，正式举行还是从北宋汴梁起始，南宋临安续有发展，明代则集中在北京东华门大街以东八面槽一带。从《东京梦华录》和其他记述，得知宋代灯市计五天，由十五到十九。事先必搭一座高大数丈的“鳌山灯棚”，上面布置各种灯彩，燃灯数万盏。封建皇帝到这一天，照例坐了一顶敞轿，由几个得力太监抬着，倒退行进，名叫“鹁鸽[1]旋”，便于四面看人观灯。又或叫几个游人上前，打发一点酒食，旧戏中常用的“金杯赐酒”即由之而来。说的虽是“与民同乐”，事实上不过是这个皇帝久闭深宫，十分寂寞无聊，大臣们出些巧主意，哄着他开心遣闷而已。宋人笔记同时还记下许多灯彩名目，“琉璃灯”

① 鹁（bó）鸽：家鸽。

可说是新品种，不仅在富贵人家出现，商店中也起始用它来招引主顾，光如满月。“万眼罗”则用红白纱罗拼凑而成。至于灯棚和各种灯球的式样，有《宋人观灯图》和《宋人百子闹元宵图》，还为我们留下些形象材料。由此得知，明清以来反映到画幅上如《金瓶梅》《宣和遗事》和《水浒传》等插图中种种灯景和其他工艺品——特别是保留到明清锦绣图案中，百十种极其精美好看旁缀珠玉流苏的多面球形灯，基本上大都还是宋代传下来的式样。另外画幅上许多种鱼、龙、鹤、凤、巧作灯、儿童竹马灯、在地下旋转不停的滚灯，也由宋代传来。宋代“琉璃灯”和“万眼罗”，明代的“金鱼住水灯”和用千百蛋壳作成的巧作灯，用冰作成的冰灯，式样作法虽已难详悉，至于明代有代表性实用新品种，“明角灯”和“料丝灯”，实物还有遗存的。历史博物馆又还有个明代宫中行乐图，画的是宫中过年情形，留下许多好看宫灯式样。上面还有个松柏枝扎成挂八仙庆寿的鳌山灯棚，及灯节中各种杂剧活动，焰火燃放情况，并且还有一个乐队，一个“百蛮进宝队”，几个骑竹马灯演《三战吕布》戏文故事场面，画出好些明代北京民间灯节风俗面貌。货郎担推的小车，还和宋元人画的货郎图差不多，车上满挂各种小玩具和灯彩，货郎作一般小商人装束。照明人笔记说，这种种却是专为宫廷娱乐仿照市上风光预备的。

新的时代灯节已完全为人民所有，作灯器材也大不同过去，对于灯的要求又有了基本改变，节日即或依旧照时令举行，意义已大不相同了。

古代灯节不只是正月元宵，七月的中元，八月的中秋，也常有灯事。解放后，则五一劳动节和十一国庆节，全国各处都无不有盛会庆祝。天安门前广场和人民大会堂的节日灯景，应说是极尽人间壮观。不仅是历史上少见，更重要还是人民亲手创造，又真正同享共有这一切。

关于天安门节日的灯火，已经有了许多好文章好报导。另外我记得特别亲切的，却是前后四个月施工期间，广场中那一片辉煌灯火。因为首都所有机关工作同志和万千市民，都曾经热情兴奋在灯火下，和工人、农民、解放军一道，为这个有历史性的广场和两旁宏伟建筑出过一把力。

从个人经验来说，解放以后另外还有许多灯景，也这么具有历史意义，给我以深刻难忘印象。比如十三陵水库大坝落成前夕的灯，就是其中之一。

在修建这个水库时，我和作家协会几个同志前后曾到过四次：第一次是初步开工，指挥所还设在山脚一个小村子里。第二次已开始在挖底，指挥所移到了大坝前小孤山。第四次是落成前一星期，大家正分别住在工地附近帐篷中，气候热得出奇。每天早晚除分别拜访劳动模范，照例必去工地看看工程进展。前一天还眼见各处是大小不一的土石堆，各处是搬运土石的车辆和人流，空中到处牵满了电线，地面到处有水管纵横。堤坝下边长链条的运石子机、拌和水泥机和堤上压路机、起重机，轰轰隆隆的响成一片。大坝虽在不断增高，到处都似乎还乱乱的，不像十天半月能完工。这天晚上我和几个同志又去看看时，才大吃一惊，原来不过一天工夫，工地全部已变了样子。所有机器全都不见了，一切土石堆打扫得干干净净、平平整整像个公园一样。堤坝下空落落的，堤坝上也无一个人，整个环境静得出奇。天上星月嵌在宁静蓝空中，也像是大了近了许多。正当我们到达坝上时，忽然间大坝下广场里十二万盏五色电灯齐明，让我们仿佛突然进到一个童话仙境里一般。我们就浮在这个闪烁不定的星海上，直到半夜。这种神奇动人的灯景，实在不是任何另外一时其他灯景能够代替的。第二天晚上，正式举行庆祝落成典礼时，约有二十万工人、农民和解放军及三百来个专业文艺团体及其他民间文艺队伍参加，在灯光下进行联欢演出。我们先是在堤坝上看了许久，随后又到堤下人丛中各处挤去。灯光下种种动人景象，也是无从让别的灯景代替的。十多年来，国家基本建设在全国范围内进行，亿万人民在党领导下完成了数不清的水库、桥梁、工厂、学校、万千座高楼大厦，每次欢庆落成典礼时，都必然有同样热烈的庆祝大会在灯火烛天热闹光景下举行，身预其事的人，一定怀着和我们差不多的感情，留在记忆中的灯景，想忘记也忘记不了！

前年岁暮年末，我和作家协会几个同志，在革命圣地井冈山茨坪参观访问。此外还有井冈歌舞团全体和来自瓷都景德镇的歌舞团全体。管理局朱局长，却生长在附近山村里，十多岁就参加了工农红军，跟随毛主席万里长征，现在又重新上山，领导青年建设新山区。八百多公尺高的茨坪，过去不到二十户人家，近来已有三十多座大小楼房。新落成的七层大厦，依山据胜，远望常在云雾中的井冈山顶峰，青碧明灭，变幻不测，近接群峰，如相互揖让。礼堂在革命博物馆附近，灯光下一个个年轻健康红润的脸孔，无不见出活泼中的坚韧，对于改变山区面貌，具有克服困难完成工作的信心。四年来这些青年和当地人民、解放军战士一道参加公路、水电站，及其他开荒生产建设取得的成就和自我思想改造的成就，都十分显明。大会结束后，我们和歌舞团一群青年朋友回转招待所时，天已落了大雪，远近一片白蒙蒙。一面走一面想起红军刚上山来种种情形。在这种光景下，把国家过去、当前和未来贯串起来，一切景象给我的教育意义，真是格外深长。这种灯景也是我一生难忘的。

由于解放后有机会看到过这么一些背景各不相同壮丽庄严的灯景，从这些灯景中体会出国家在中国共产党的领导下，亿万人民真正当家作主后，通过有计划、有组织、有目的的长期劳动，如何在迅速改变整个国家的面貌。社会不断前进，而灯节灯景也越来越宏伟辉煌，并且赋以各种不同深刻意义。回过头来看看半世纪前另外一些小地方年节风俗和规模极小的灯节灯景，就真像是回到一个极其古老的历史故事里去了。

我生长家乡是湘西边上一个居民不到一万户口的小县城，但是狮子龙灯焰火，半世纪前在湘西各县却极著名。逢年过节，各街坊多有自己的灯。由初一到十二叫“送灯”，只是全城敲锣打鼓各处玩去。白天多大锣大鼓在桥头上表演戏水，或在八九张方桌上盘旋上下。晚上则在灯火下玩蚌壳精，用细乐伴奏。十三到十五叫“烧灯”，主要比赛转到另一方面，看谁家焰火出众超群。我照例凭顽童资格，和百十个大小顽童，追随队伍城厢内外各处走去，和大伙在炮仗焰火中消磨。玩灯的不仅要气力，还得要勇敢，为表示英雄无畏，每当场坪中焰火上升时，白光直泻数丈。有的还大吼如雷，这些人却不管是“震天雷”还是“猛虎下山”，照例得赤膊上阵，迎面奋勇而前。我们年纪小，还无资格参预这种剧烈活动，只能趁热闹在旁呐喊助威。有时自告奋勇帮忙，许可拿个松明火炬或者背背鼓，已算是运气不坏。因为始终能跟随队伍走，马不离群。直到天快发白，大家都烧得个焦头烂额，精疲力尽。队伍中附随着老渔翁和蚌壳精的，蚌壳精向例多选十二三岁面目俊秀姣好男孩子充当，老渔翁白须白发也假得俨然，这时节都现了原形，狼狈可笑。乐队鼓笛也常有气无力板眼散乱的随意敲打着。有时为振作大伙精神，乐队中忽然又悠悠扬扬吹起“踹八板”来，狮子耳朵只那么摇动几下，老渔翁和蚌壳精即或得应着鼓笛节奏，当街随意兜两个圈子，不到终曲照例就瘫下来，惹得大家好笑！最后集中到个会馆前点验家伙散场时，正街上江西人开的南货店布店，福建人开的烟铺，已经放鞭炮烧开门纸迎财神，家住对河的年轻苗族女人，也挑着豆豉萝卜丝担子上街叫卖了。

有了这个玩灯烧灯经验底子，长大后读宋代咏灯节事的诗词，便觉得相当面熟，体会也比较深刻。例如吴文英作的《玉楼春》词上半阕：

茸茸狸帽遮梅额，金蝉罗剪胡衫窄。
乘肩争看小腰身，倦态强随闲鼓拍。

写的虽是八百年前元夜所见，一个小小乐舞队年轻女子，在夜半灯火阑珊兴尽归来时的情形，和半世纪前我的见闻竟相差不太多。因为那八百年虽经过元明清三个朝代，只是政体转移，社会变化却不太大。至于解放后虽不过十多年，社会却已起了根本变化，我那点儿时经验，事实上便完全成了历史陈迹，一种过去社会的风俗画。边远小地方年轻人，或者还能有些相似而不同经验，可以印证，生长于大都市见多识广的年轻人，倒反而已不大容易想象种种情形了。

一九六三年三月，北京

芷江县的熊公馆[①]

有子今人杰

宜年世女宗

芷江县的熊公馆，三十年前街名作青云街，门牌二号，是座三进三院的旧式一颗印老房子。进大门二门后，到了第一个院落，天井并不怎么大，石板地整整齐齐。门廊上有一顶绿呢官轿，大约是为熊老太太预备的，老太太一去北京，这轿子似乎就毫无用处，只间或亲友办婚丧大事时，偶尔借去接送内眷用用了。第二进除过厅外前后四间正房，有三间空着，原是在日本学兽医秉三[②]先生的四弟住房。四老爷口中虽期期艾艾，心胸却俊迈不群。生平欢喜骑怒马，喝烈酒，用钱如水而尚气任侠。不幸壮年早逝。四太太是凤凰军

① 本篇发表于1948年1月3日天津《大公报》，为纪念熊希龄逝世十周年而作。署名沈从文。

② 秉三：指熊希龄。

人世家田军门独生女儿，湘西镇守使田应诏妹妹，性情也潇洒利落，兼有父兄夫三者风味。既不必侍奉姑嫜，就回凤凰县办女学校作四姑太去了。所以住处就空着。走进那个房间时，还可看到一个新式马鞍和一双长统马靴。四老爷摹拟拿破仑骑马姿式的大相和四太太作约瑟芬装扮的大相，也一同还挂在墙壁上。第二个天井宽一点，有四五盆兰花和梅花搁在绿髹漆架子上。两侧长廊檐楹下，挂有无数腊鱼风鸡咸肉。当地规矩，佃户每年照例都要按收成送给地主一点田中附产物，此外野鸡、鹌鹑、时新瓜果，也会按时令送到，有三五百租的地主人家，吃来吃去可吃大半年的。老太太心慈，照老辈礼尚往来方式，凡遇佃户来时，必回送一点糖食，一些旧衣旧料，以及一点应用药茶，总不亏人。老太太离开家乡上北京后，七太太管家，还是凡事照例。所以这种礼物已转成一种担负，还常得写信到北京去买药。第三进房子算正屋，敬神祭祖亲友庆吊礼节全在这里。除堂屋外有大房五间，偏房四间，归秉三先生幼弟七老爷[1]住。七老爷为人忠恕淳厚，乐天知命，为侍奉老太太不肯离开身边，竟辞去了第一届国会议员。可是熊老太太和几个孙儿女亲戚，随后都接过北京去了，七老爷就和体弱吃素的七太太，及两个小

① 七老爷：熊希龄之弟熊捷三。

儿女，在家中纳福。在当地绅士中作领袖，专为同乡大小地主抵抗过路军队的额外摊派。（这个地方原来从民三以后，就成为内战部队移动来往必经之路，直到抗战时期才变一变地位，人民是在摊派捐款中活下来的。）遇年成饥荒时，即用老太太名分，捐出大量谷米拯饥。加之勤俭治生，自奉极薄，待下复忠厚宽和，所以人缘甚好。凡事用老太太名分，守老太太作风，尤为地方称道。第三院在后边，空地相当大，是土地，有几间堆柴炭用房屋，还有一个中等仓库。仓库分成两部分：一储粮食，一贮杂物；杂物部分顶有趣味，其中关于外来礼物，似乎应有尽有，记得有一次参加清理时，曾发现过金华的火腿、广东的鸭肝香肠、美国牛奶、山西汾酒、日本小泥人、云南冬虫草……一共约百十种均不相同。还有毛毛胡胡的熊掌，干不牢焦的什么玩意儿。芷江县地主都欢喜酬酢，地当由湘入黔滇川西南孔道，且是掉换船只轿马一大站，来往官亲必多，上下行过路人带土仪上熊府送礼事自然也就格外多。七太太管家事，守老太太家风，本为老太太许愿吃长素，本地出产笋子菌子已够一生吃用，要这些有什么用？因此礼物推来送去勉强收下后，多原封不动，搁在那里，另外一时却用来回馈客人，因此坏掉的自然也不少。后院中有一株柚子树，结实如安江品种，不知为什么总有点煤油味，一见我们吃它时，七太太就皱眉，扮着难于下咽神情，还说过去七老爷弟兄等吃它时，老太太可不怕酸。

正屋大厅中，除了挂幅沈南画的仙猿蟠桃大幅和四条墨竹，一堵壁上还高挂了一排二十枝鸟羽铜镞的长箭，箭中有一枝还带着个多孔骨垛的髇箭头。这东西虽高悬壁上不动，却让人想起划空而过时那种呼啸声。很显然，这是熊老太爷作游击参将多年，熊府上遗留下来的唯一象征了。

这是老屋大略情形，秉三先生的童年，就是在这么一个家中，三进院落和大小十余个房间范围里消磨的。

老房子左侧还有所三进两院新房子，不另立门户，门院相通。新屋房间已减少，且把前后二院并成一个大院，所以显得格外敞朗。平整整方石板大空院，养了约三十盆素心兰和鱼子兰，二十来盆茉莉。两个固定花台还栽有些山茶同月季。有一口大金鱼缸，缸中搁了座二尺来高透瘦石山，上面长了株小小黄杨树，一点秋海棠，一点虎耳草。七老爷有时在鱼缸边站站，一定也可得到点林泉之乐。（若真的要下乡去享受享受田野林泉，就恐得用三十名保安队护围方能成行。照当时市价，若绑到七老爷的票，大约总得五十枝枪才可望赎票的。）正面是大花厅，请客时可摆六桌酒席。壁上挂有明朝人画的四幅墨龙，龙睛凸出，从云中露爪作攫拿状，墨气淋漓，像带着风雨湿人衣襟神气。另一边又挂有赵秉钧[1]书写的大八尺屏条六幅，写唐人诗，作黄涪翁[2]体，相当挺拔潇洒。院子另一端，临街是一列半西式楼房，上下两层，各三大间。上层分隔开用作书房和卧室，还留下几大箱杂书。下面是客厅，三间打通合而为一，有硬木炕榻，嵌大理石太师椅，半新式醉翁躺椅，空中既挂着蚀花玻璃的旧式宫灯，又悬着一个斗篷罩大煤油灯。一切如中等旧式人家，加上一点维新事物，所以既不摩登刺目，也不式微萧索。炕后长条案上，还有一架二尺阔瓷器插屏，上面作寿比南山戏文。一对三尺高彩瓷花瓶，瓶中插了几支孔雀长尾，翎眼仿佛睁得圆圆的，看着这室中一片寂寞一片灰，并预测着将来变化。对着迎面那八扇带彩色的玻璃门，担心到另一时会有人偷去。还有一个衣帽架，是京式样子，在北京熊府大客厅中时，或许曾有过督军巡阅使之类要人的紫貂海龙裘帽搁在上面过。但一搬到这小地方来，显然就和人才一样，无事可作并装点性也不多了。照当地风气，十冬腊月老绅士多戴大风帽，罩着全个肩部，并不随时脱下。普通壮年中年地主绅士，多戴青缎乌绒瓜皮小帽，到人家作客时，除非九九消寒遣有涯之生，要用它来拈阄射覆赌小酒食，也并不随便脱

① 赵秉钧：河南人，辛亥革命时，为袁世凯得力助手，后被提拔为第三任国务总理。

② 黄涪翁：指黄庭坚，北宋诗人、书法家，与苏轼齐名，世称“苏黄”。

下的。

这个客厅中也挂了些字画，大多是秉三先生为老太太在北京办寿时收下的颂祝礼物。有章太炎[①]和谭组庵[②]的寿诗，还有其他几个时下名人的绘画。当时做寿大有全国性意味，象征各方面对于这个人伦领袖的期许和钦崇，礼物一定极隆重。但带回家来的多时贤手笔，可知必经过秉三先生的选择。示乡梓以富不如示乡梓以德。给我印象极深刻的，是一幅署名黎元洪[③]的五言寿联。这是当时大总统的手笔，字大如斗，气派豪放，措词也极得体。联语仅十个字：

有子今人杰

宜年世女宗

将近三十年了，中国或世界都有了几次大变，无数伟人功名德业也都随时间成尘成土，这十个字在我印象中还很鲜明。当时最觉得惬意的，还是上联“今人杰”三个字，似乎比我正读过的《水浒传》小说全部英雄豪杰还伟大动人。因

① 章太炎：指章炳麟，中国近代民主革命家、思想家。

② 谭组庵：指谭延闿。湖南人。1907年组织湖南宪政会，主张君主立宪。辛亥革命时，杀害湖南正副都督焦达峰、陈作新，篡夺都督职位。1927年后，曾任南京国民政府主席、行政院长等职。

③ 黎元洪：北洋政府总统。

为这个称呼我相信不会是像普通意思，用杀人方法作成，却必然由于另外一种努力，见出人格的素朴和单纯，悲悯与博大，远见和深思，方足当这个称呼而无愧的。这种人杰是国家进步永远不可少，然而并世异代却并不多的。但本地人看来，却恐并无多大兴味。

这院中两进新屋，大约是秉三先生回乡省亲扫墓时前一年方建造。本人一离开，老太太和儿孙三四人都过了北方，府中房多人口少，那房子就闲下来了。客厅平时就常常关锁着，只一年终始或其他过节做寿，七老爷要请酒时，才收拾出来待客。这院子平日也异常清静，金鱼缸边随时可发现不知名小雀鸟低头饮水。夏天素心兰茉莉盛开，全院子香气清馥，沁人心脾。花虽盛开却无人赏鉴，只间或有小丫头来剪一二枝，作观音像前供瓶中物。或自己悄悄摘一把鱼子兰和茉莉，放入胸前围裙小口袋中。这种花照例一沾人身上热气就特别香，小丫头到七太太身边时，七太太把鼻子皱皱，只笑笑："翠柳，你不要自己尽摘，多摘点送给胡四姑太和龙家唐家去！"小丫头于是也笑笑，因为一到下半天，就可带了半篮子鲜花各处去玩玩了。胡家龙家唐家，都是芷江县地主绅士大户。

这所现代相府，我曾经勾留过一年半左右。还在那个院子中享受了一个夏天的清寂和芳馥，并且从楼上那两个大书箱中，发现了一大套林译小说[1]，迭更司[2]的《贼史》《冰雪因缘》《滑稽外史》《块肉余生述》等等，就都是在那个大院中花架边台阶上看完的。这些小说对我仿佛是良师而兼益友，给了我充分教育也给了我许多鼓励，因为故事上半部所叙人事一切艰难挣扎，和我自己生活情况就极相似，至于下半部是否如书中顺利发展，就全看我自己如何了。书箱中还有十来本白棉纸印谱，且引诱了我认识了许多汉印古玺的款识。后来才听黄大舅说，这些印谱都还是作游击参将熊老前辈的遗物，至于这是他自己治印的成就，还是他的收藏，已不能够知道了。老前辈还会画，在那时称当行。这让我想起书房中那幅洗马图，大约也是熊老太爷画的。秉三先生年过五十后，也偶然画点墨梅水仙，风味极好。上海余庆路二号家中客厅里正中悬挂的那个罗汉屏墨梅，落英繁蕊，清逸中有富贵气象，看过的都十分称赏，或者和庭训多少有点关系。

那房子离沅州府文庙只一条小甬道，两堵高墙。事很凑巧，凤凰县的熊府老宅，离文庙也不多远。旧式作传记的或

① 林译小说：林纾用文言翻译的西方小说。

② 迭更司：现译为狄更斯，英国小说家。《贼史》即《雾都孤儿》，亦作《奥立弗·退斯特》；《滑稽外史》即《匹克威克外传》；《块肉余生述》即《大卫·科波菲尔》。

将引孟母三迁故事，以为必系老太太觉得居邻学宫，可使儿子习儒礼，因而也就影响到后来一生功名事业。但就我所知道的秉三先生一生行事说来，人格中实蕴蓄了儒墨各三分，加上四分民主维新思想，综合而成。可以说是新时代一个伟大政治家，其一生政治活动，实作成了晚清渡过民初政治经济的桥梁，然并非纯儒。在政治上老太太影响似不如当时朱夫人来得大。所以朱夫人过世后，行为性情转变得也特别大。老太太身经甘苦，家常素朴，和易亲人，恰恰如中国其他地方老辈典型贤母一样，寓伟大于平凡中。八十大寿时，虽在北平府宅中，高居安处，儿孙环侍，大总统以次伟人悍帅，云集一室，骈立献寿，极一时人间豪华富贵。事实上以老太太自择，恐仍不如乡居之时，与二三戚里家人，于家里那所空院中晒黄酱，制腌菜，作菌油豆腐乳，谈家常旧话，易得有生真乐。秉三先生五十以后的生活，自奉俭薄到不必要程度。牺牲一切于平民教育，甚至尽捐家产于燕幼院，每月反向董事会领取二三百元薪水，若用世俗眼光看去，自然便不免觉得突兀奇异，有不易索解处。若检讨及环境背景，会发现原来老太太八十年都如此过日子，庭训所及，到时反朴近真，亦极自然合理也。

熊公馆右隔壁有个中级学校，名“务实学堂”。似从清末长沙那个时务书院取来。梁任公[1]先生二十余岁入湘至时务书院主讲新学，与当时新党人物谭嗣同、唐才常诸人主变法重新知活动，实一动人听闻有历史性故事。蔡松坡、范静生时称二优秀学生，到后来一主军事，推翻帝制，功在民国为不朽；一长教育，于国内大学制度、留学政策、科学研究，对全国学术思想发展贡献更极远大。任公先生之入湘，秉三先生实始赞其成，随后出事，亦因分谤而受看官处分。这个学校虽为纪念熊老太太设立，实尚隐寓旧事。校舍是两层楼房若干所，照民初元时代新学堂共通式样，约可容留到二百五十人寄宿。但当我到那里时，学校早已停顿，只养蚕部分因有桑园十余亩，还用了一个技师、六个学生、几十个工人照料，进行采桑育蚕。学校烘茧设备完全，用的蚕种还是日本改良种，结茧作粉红色，瀹丝时共有十二部机车可用。诸事统由熊府一亲戚胡四老爷管理。学校还有一房子化学药品，一房子标本仪器，一房子图书，一房子织布木机，都搁在那里无从使用。（正如象征着创办者的政治经济理想，失去了合宜环境，便只合搁置下去。）秉三先生家中所有旧书也捐给了学校。学校停办或和经费有关，一切产业都由熊府捐赠，当初办时，或尚以为可由学校职业科生产物

① 梁任公：指梁启超。

资，自给自足，后来始发现势不可能。这学校抗战后改成为香山慈幼院芷江分院女子初级中学，由慈幼院主持，前后相去已二十八年，学校中的树木，大致都已高过屋檐头，长大到快要合抱了。我还记住右侧第二列楼房前面草地上，有几株花木枝桠间还悬有小小木牌，写明是秉三先生某某年手植。如至今犹幸而存在，召伯甘棠，毋翦毋伐，如何来好好护持，就全看后来者用心了。

我从这个学校的图书室中，曾翻阅过《史记》《汉书》和一些其他杂书。记得还有一套印刷得极讲究的《大陆月报》，用白道林纸印，封面印了个灰色云龙，里面有某先生译的《天方夜谭》连载。渔人入洞钓鱼见化石王子坐在那里垂泪故事，把鱼钓回鱼在锅中说故事的故事，至今犹清清楚楚。但是事实上说来，我这个小文，所涉及的地方人事、风俗习惯，从较年轻一辈看来，也快要成为天方夜谭了。

我到芷江县，正是五四运动发生的民国八年[①]，在团防局作个小小办事员，主要职务是征收四城屠宰捐。太史公《史记》叙游侠刺客，职业多隐于屠酤之间，且说这些人照例慷慨而负气，轻生而行义，拯人于患难之际而不求报施，比士大夫犹高一筹。我当时的职业，倒容易去和那些专诸、

① 民国八年：1919年。

要离[1]后人厮混。如欢喜喝一杯，差不多每一张屠桌边都可蹲下去，受他们欢迎。不过若想从这些屠户中发现一个专诸或要离，可不会成功！想不到的是有一次，我正在那些脸上生有连鬓胡子，手持明晃晃尖刀，作庖丁解牛工作的壮士身边看街景时，忽然看到几个在假期中回家，新剪过发辫的桃源女师学生，正从街头并肩走过。这都是芷江县大小地主的女儿。这些地主女儿的行为，从小市民看来其不切现实派头，自然易成笑料；记得面前那位专诸后人，一看到她们，联想起许多对于女学生传说，竟放下屠刀哈哈大笑，我也就参加了一份。不意十年后，这些书读不多热情充沛的女孩子，却大都很单纯的接受了一个信念，很勇敢的投身入革命的漩涡中，领受了各自命运中混有血泪的苦乐。我却用熊府那几十本林译小说作桥梁，走入一崭新的世界，伟人烈士的功名，乡村儿女的恩怨，都将从我笔下重现，得到更新的生命。这也就是历史，是人生。使人温习到这种似断实续的历史，似可把握实不易把握的人生时，真不免感慨系之！

北平石驸马大街熊府和香山慈幼院几个院落中，各处都有秉三先生手种的树木，二十五年来或经移植，或留原地，

① 专诸、要离：春秋时著名游侠者。专诸，吴国人，助吴公子光刺杀吴王僚，自己亦当场被杀。要离，吴国人，助吴国阖闾刺杀吴公子庆忌，随后自杀。

一定有许多已长得高大坚实，足当急风猛雨，可以荫蔽数亩。又或不免遭受意外摧残；凋落萎悴，难以自存。诵召伯甘棠之诗，怀恭敬桑梓之义，必有人和我同样感觉；还有些事未作，还有些责任待尽。

三十六年十二月十九日

谈“写游记”

写游记像是件不太费力的事情，因为任何一个小学生，总有机会在作文本子上留下点成绩。至于一个作家呢，只要他肯旅行，就自然有许多可写的事事物物搁在眼前。情形尽管是这样，好游记可不怎么多。编选高级语文教本的人，将更容易深一层体会到，古今游记虽浩如烟海，入选时实费斟酌。古典文学游记，《水经注》已得多数人承认，文字清美。同样一条河水，三五十字形容，就留给人一个深刻印象，真可说对山水有情。但是不明白南北朝时代文字风格的读者，在欣赏上不免有隔离。《洛阳伽蓝记》文笔比较富丽，景物人事相配合的叙述法，下笔极有分寸，特别引人入胜，好处也容易领会些。宋人作《洛阳名园记》，时代稍近，文体又平实易懂，记园林花木布置兼有对时人褒贬寓意，可算得一时佳作。叙边远外事如《大唐西域记》《岭外代答》和《高丽图经》诸书，或直叙旅途见闻，或分门别类介绍地方物产、制度、风俗人情，文笔条理清楚；千年来读者还可从书中学得许多有用知识。从这些各有千秋的作品中，我们还可得到一种重要启示：好游记和好诗歌相似，有分量作品不一定要字数多，不分行写依然是诗。作游记不仅是描写山水灵秀清奇，也容许叙事抒情。读者在习惯上对于游记体裁的要求不苛刻，已给作者用笔以极大方便和鼓励。好游记不多另有原因。“文以载道”在旧社会是个有势力的名辞，把古代一切作家的思想都笼罩住了。诗歌、戏剧、小说虽然从另一角度落笔，突破限制，得到了广大群众，然而大多数作者，还是乐于作卫道文章，容易发财高升。个人文集，也总是把庙堂之文放在最前面。游记文学历来不列入文章正宗，只当成杂著小品看待。在旧文学史中，位置并不怎么重要。近三十年很有些好游记，写现代文学史的，也不过认为聊备一格，有的且根本不提。

写游记必临水登山，善于使用手中一枝笔为山水传神写照，令读者如身莅其境，一心向往，终篇后还有回味余甘，进而得到一种启发和教育，才算是成功作品。这里自然要具备一个条件，就是作者得好好把握住手中那枝有色泽、富情感、善体物、会叙事的笔。他不仅仅应当如一个优秀山水画家，还必需兼有一个高明人物画家的长处，而且还要博学多通，对于艺术各部门都略有会心，譬如音乐和戏剧，让主题人事在一定背景中发生存在时，动静之中似乎有些空白处，还可用一种恰如其分的乐声填补空间。这个比方可能说得有点过了头，近乎夸诞玄远。不过理想文学佳作，不问是游记还是短篇小说，实在都应当给读者这么一种有声有色鲜明活泼的印象。如何培养这枝笔，是一个得商讨待解决的问题。

近三十年来，报刊杂志中很有些特写式游记，写国内新人、新事、新景物，文字素朴，内容扎实，充满一种新的泥土生活气息，却比某些性质相同的短篇小说少局限性，比某些分析探讨的论文具说服力。有的作者并非职业作家，因此不必受文学作品严格的要求影响，表现上得到较大的自由。又有些还刚离开大学不久，最多习作机会还不过是学生时代写写情书或家信，就从这个底子上进行写作，由于面对的生活丰富，问题新鲜，作品给读者印象却自然而亲切。我也欢喜另外一种专家学者写成的游记，虽引古证今，可不落俗套，见解既好，文笔又明白畅达，当成史地辅助读物，对读者有实益。好游记种类还多，上二例成就比较显著。另外还有两种游记，比较普通常见：一为报刊上经常可读到的某某出国海外游记，特殊性的也对读者起教育作用。一般性的或系根据导游册子复述，又或虽然目击身经，文字条件较差，只知直接叙事，不善写景写人，缺少文学气氛，自然难给读者深刻印象。另一种是国内游记，作者始终还不脱离写卷子的基本情绪，不拘到什么名胜古迹地方去，凡见到的事物，都无所选择，一一记下。正和你我某一时在北海大石桥边、颐和园排云殿前照相差不多，虽背景壮丽，天气又十分温和，人也穿着得整齐体面，还让那位照相师热情十分的反复指点，直到装成微笑姿势，使得照相师点头认可，才“巴打”一下，大功告成。可是相片洗出看看，照例主题背景总是呆呆的，彼此相差不多，近于个人纪念性记录，缺少艺术所要求的新鲜。本人即或以为逼真，他人看来实在不易感动。这种相成天有人在照，同样游记也随时有人在写，虽和艺术要求有点距离，却依旧有广大读者。由于在全国范围内舟车行旅中，经常有大量群众，都需要阅读报刊，这种游记有一定群众基础。还有一种不成功的游记，作者思想感情被理论上几个名辞缚得紧紧的，一动笔老不忘记教育他人；文思既拙滞，却只顾抄引格言名句，盼望人从字里行间发现他的哲理弥思，形成一种自我陶醉。其实严肃有余，枯燥无味，既少说服力，也少感染力，写论文已不大济事，作游记自然更难望成功。

写游记除“阿丽思”女士的幻想旅行作品不计，此外总得有点生活基础。不过尽管有丰富新鲜生活经验，如没有运用文字的表现力，又缺少对外物的锐敏感觉，还是不成功。不拘写什么自然总是无生气、少新意，缺少光彩。他的毛病正犹如一个不高明的作曲家，仅记住些和声原理，五线谱的应用却不熟悉，一切乐器上手也弹不出好声音。即或和千年前唐玄宗一样，居然有机会梦游天宫，得见琼楼玉宇间那群紫绡仙子，在翠碧明蓝天空背景中清歌曼舞，乐曲舞艺都佳妙无双。并且人醒回来时，印象还十分清楚明白。可是想和唐玄宗一样，凭回忆写个《紫云回》舞曲，却办不到，作不好。原因是手中没有得用工具。补救方法在改善学习，先作个好读者。其次是把文字当成工具好好掌握到手中，必需用长时期“工作实践”来证实“理论概括”，绝不宜用后者代替前者，以为省事。写游记看来十分简单，搞文学就绝不能贪图省事。

一九五七年六月二十日

自我评述[①]

我出生在湖南西部边远地区一个汉苗杂处的小小山城。小时因顽劣爱逃学，小学刚毕业，就被送到土著军队中当兵， 在一条沅水和它的支流各城镇游荡了五年。那时正是中国最黑暗的军阀当权时代，我同士兵、农民、小手工业者以及其他形形色色社会底层人们生活在一起，亲身体会到他们悲惨的生活，亲眼看到军队砍下无辜苗民和农民的人头无数，过了五年不易设想的痛苦怕人生活，认识了中国一小角隅的好坏人事。一九二二年“五四”运动余波到达湘西，我受到新书报影响，苦苦思索了四天，决心要自已掌握命运，毅然离开家乡，只身来到完全陌生的北京。从此就正如我在《从文自传》中所说，进到一个永远无从毕业的学校，来学习那课永远学不尽的“人

① 本文原标题为《自我评述》， 由张兆和记录整理。

生”了。

我人来到城市五六十年，始终还是个乡下人，不习惯城市生活，苦苦怀念我家乡那条沅水和水边的人们，我感情同他们不可分。虽然也写都市生活，写城市各阶层人，但对我自己作品，我比较喜爱的还是那些描写我家乡水边人事哀乐故事。因此我被称为乡土作家。